PASOS

LETRAS MAYÚSCULAS

Editorial Bambú
es un sello de Editorial Casals, S. A.

© 2009, de la adaptación, Emilia Navarro Ramírez
© 2009, del estudio de la obra y del cuaderno documental:
   Emilia Navarro Ramírez
© 2009, de las ilustraciones del interior, Jorge González
© 2009, de la ilustración de la cubierta, Enrique Lorenzo
© 2009, Editorial Casals, S. A.

Casp 79, 08013 Barcelona
Tel.: 902 107 007
www.editorialbambu.com

Coordinación de la colección: Fina Palomares Hernández
Diseño de la colección: Enric Jardí disseny gràfic
Ilustración del cuaderno documental: Jaume Farrés
Fotografías del cuaderno documental:
AISA, ALBUM, ORONOZ

Primera edición: marzo 2009
ISBN: 978-84-8343-082-8
Depósito legal: B-9.303-2009
Printed in Spain
Impreso en Índice S. L.
Fluvià, 81-87. 08019 Barcelona

PASOS

LOPE DE RUEDA

ADAPTACIÓN DE
EMILIA NAVARRO RAMÍREZ

ILUSTRACIONES
DE JORGE GONZÁLEZ

LETRAS MAYÚSCULAS

Índice

LOS CRIADOS

PASO EN DOS ESCENAS

PERSONAJES: ALAMEDA (criado)
               LUQUITAS (criado)
               SALCEDO (amo)

ESCENA PRIMERA

(Un criado camina, pero vuelve sobre sus pasos para llevarse por el brazo a su compañero después de sacarlo de la taberna.)

LUQUITAS: ¡Anda, amigo Alameda, vámonos ya!

ALAMEDA: ¡Ya voy! ¡Pardiez,[1] sólo había entrado para oler el vino...!

LUQUITAS: Hombre, no me digas que cada vez que ves una taberna, te quedas embobado y tienes que entrar.

ALAMEDA: Si a mí me llama el mollate,[2] ¿quieres que pase de largo como un maleducado?

LUQUITAS: ¡Anda, vayamos deprisa! Seguro que el amo se va a enfadar y acabará sospechando que nos hemos quedado con el dinero. Ya sabes lo desconfiado que es.

(Van saliendo de la aldea.)

ALAMEDA: ¿De verdad crees que vamos tan tarde?

LUQUITAS: ¡Mira, si no...! *(Señalando al cielo.)* Como tardemos un poco más, seguro que nos recibe como él sabe... *(Hace ademán[3] de golpear.)*

---

1. *Pardiez:* exclamación que expresa fastidio o sorpresa; es un rasgo de identidad del personaje con que se denota su condición de gárrulo.
2. *Mollate:* se refiere al vino (jerga actual).
3. *Ademán:* gesto.

ALAMEDA: Pardiez, si tú no hubieses tardado tanto en salir de la casa de... ¿cómo se llama? ¡Oh, Dios bendiga a quien le enseñó su dulce oficio...! ¡De buena gana me quedaría yo más amarradito a ella que si estuviese en la cárcel!

LUQUITAS: ¡A ver si te enteras de que hemos estado en la casa de la buñolera![4]

ALAMEDA: ¿Buñolera se llama...? ¡Oh, qué nombre más ilustre, santo Dios!

LUQUITAS: Pero, bueno, ¿es que tú no sabes que se llama así?

ALAMEDA: Amigo Lucas, te aseguro que no me preocupé por saber cómo se llamaba. Pero si tengo la suerte de volver a esta villa, ten por seguro que no confundiré jamás la casa de la buñolera con ninguna otra, aunque vaya a gatas y con los ojos puestos en el cogote.[5]

LUQUITAS: Dime (con expresión golosa), ¿has comido algo mejor desde que tu madre te parió?

ALAMEDA: ¡Pardiez, ni antes de que me pariera! Mira... yo, cuando los vi tan apetitosos sobre aquella bandeja, con aquella salsa dulce por encima..., te aseguro que se me hizo la boca agua y que no sabía por cuál decidirme. ¡Con decirte que me hubiese quedado embobado hora y media con cada uno de ellos, sólo mirándolos...! (Se para en seco.) Pero no me negarás que también eran amigos tuyos, y que tú los conocías mucho antes que yo. ¡Y vaya como te los zampabas, como si tú solito fueras todo un corral de gallinas sobre un puñado de trigo!

LUQUITAS: ¡Anda, que tú respirabas mucho...!

---

4. *Buñolera*: la mujer que hace buñuelos (pasteles hechos de masa frita).
5. *Cogote*: parte posterior del cuello (coloquialismo).

ALAMEDA: ¡Pardiez, casi me ahogo cuando aún estaba la bandeja casi llena, y tú empezaste a darme tantas prisas que tuve que engullirlos sin masticar!

LUQUITAS: Mira, amigo, ¿sabes una cosa? (*Con tono confidencial.*)[6] Hoy los pasteles estaban mal horneados, y la base del hojaldre demasiado tostada. Han debido de hacerlos con cáscara de trigo.

ALAMEDA: ¿Qué es eso de la base del hojaldre?

LUQUITAS: ¿Acaso no viste cómo eran?

ALAMEDA: Te juro por los huesos de mi bisabuela la tuerta, que ni me paré a mirar si tenían base, o tenían altura. Pero sí te digo que, aunque estuvieran hechos de puro salvado,[7] como tú dices, o con serrín de corcho, yo me los hubiese comido todos sin dejar alto ni bajo, pequeño ni grande... ¡Anda, que no me reí yo viendo cómo te metías entre pecho y espalda aquellos buñuelos con tantas ganas y sin parar! Y, claro, como a mí no me dejaste trincar[8] tantos como quise, no me quedó más remedio que lanzarme a uno de aquellos pasteles rellenos de carne, y zampármelo enterito. Mal horneado o no, ese fue un placer que ninguno de los míos, muertos o vivos, ha podido gozar jamás.[9]

LUQUITAS: Mejor aún te hubiera sabido si te hubieses comido primero el hojaldre, que estaba algo quemadillo, y después la carne.

6. *Confidencial:* secreto.
7. *Salvado:* cáscara del grano de los cereales.
8. *Trincar:* tomar (coloquialismo).
9. Los pasteles de carne o empanadas eran alimento habitual entre las clases populares. Alameda puede referirse a que ninguno de los suyos ha comido «esta clase» de pasteles, es decir, un tipo determinado de carne: la de cerdo; lo que sugeriría su origen judío o morisco.

ALAMEDA: (*Impaciente.*) ¿Pero qué es *hojaldre*, dime?

LUQUITAS: ¡Qué va a ser! La masa que envuelve todo el pastel. (*Dando forma con las manos a un pastel imaginario.*)

ALAMEDA: ¿Te refieres a la tapa de arriba?

LUQUITAS: (*Con paciencia.*) Sí, amigo, a la tapa, a la base y al contorno...

ALAMEDA: ¡Válgame Dios, cuántos nombres sabes de cosas de comer!

LUQUITAS: (*Resignado.*) En fin, Alameda, ¿te ha sabido bien el almuerzo?

ALAMEDA: ¡Y tanto! No me hubiese importado seguir y seguir, según estaba de bueno... Pero, por tu vida, amigo Lucas, ¿me responderías a una pregunta?

LUQUITAS: Sí, si la sé.

ALAMEDA: Pero... ¿lo juras por tus muertos?

LUQUITAS: Sí, ya te lo he dicho.

ALAMEDA: Pero... ¿por tu madre?

LUQUITAS: (*Ya impaciente.*) ¡Que sí, acaba ya!

ALAMEDA: ¿Cuánto costó el convite de hoy?

LUQUITAS: (*En voz más baja, como entre ellos.*) Más de veintidós maravedíes.[10]

ALAMEDA: (*Mostrando sorpresa.*)¡Bendita sea la madre que te parió! ¡La buena maña que te das para sisar![11] Puedes estar contento, porque el mozo que sabe meter mano[12] en el dinero de su amo bien que es apreciado. ¡Felices días

---

10. *Maravedí:* moneda de cobre.
11. *Sisar:* quedarse con una parte del dinero del que alguien tiene que dar cuenta.
12. *Meter mano:* tomar una parte (frase hecha).

tengas, Luquitas, que feliz día me has dado con tantos pasteles!

LUQUITAS: *(Se han ido acercando a la casa donde trabajan, de la que sale Salcedo.)* ¡Oh, calla, que viene el amo! Si te pregunta por qué hemos tardado tanto, le dices que había mucha gente en las cebollas y en el queso.

ALAMEDA: ¿Qué cebollas y qué queso? Yo no he visto nada de lo que dices.

LUQUITAS: *(Impaciente.)* ¡Ya lo sé! Pero para que no nos riña, tú dirás esa mentira, ¿me has entendido?

ALAMEDA: *(Con aspaviento.)* ¿Quieres que mienta...? *(Ríe para quitar importancia a la situación.)* Tranquilo, puedes poner la mano en el fuego, porque lo haré tan bien, que tú quedarás condenado y el amo enfadado.

LUQUITAS: ¿Qué...? No lo estás diciendo bien, Alameda. Querrás decir que yo quedaré disculpado y el amo conforme.

ALAMEDA: ¡Eso quería decir! *(Riendo.)* Será que se me ha quemado la boca con la mucha pimienta que llevaban aquellos pasteles, y se me traba la lengua.

LUQUITAS: Por tu vida, amigo Alameda, te ruego que cuides por la honra de los dos, porque nos la jugamos tanto tú como yo.

ALAMEDA: ¡Tranquilo, tranquilo, que no hace falta que insistas más, porque los hombres de bien, que son amigos de sus amigos, ya se sabe que tienen dos caras *(Luquitas muestra su asombro ante estas palabras.)*; y eso toda mi vida lo he sabido: si digo sí es no, y si digo no es sí.[13]

---

13. Esta afirmación revela de forma franca el cinismo del que hará gala Alameda, que se nos muestra como un necio con malicia, aunque no con la suficiente como para callar.

ESCENA SEGUNDA

SALCEDO: *(Acercándose a ellos.)* ¡Hombre, a vosotros os estaba buscando!

ALAMEDA: *(A Luquitas.)* Lleva un garrote[14] en la mano y se viene riendo... Eso es que está de buen talante *(Se ríe absurdamente.)* Ja, ja, ja...

SALCEDO: ¿Tú de qué te ríes?

ALAMEDA: ¿No quiere vuesa merced[15] que me ría? *(Sin poderse contener.)* Ja, ja, ja...

SALCEDO: *(Con ironía.)* Muy bien, caballerete, pues cuando haya acabado vuesa merced, hágame vuesa merced la merced de avisarme.

ALAMEDA: Ya, ya; ya termino. Ja, ja, ja...

SALCEDO: *(Dando signos de irritación.)* ¿Has acabado o no?

ALAMEDA: Ya puede vuesa merced decir lo que quiera, señor.

SALCEDO: ¡Oh, bendito Dios!

ALAMEDA: Espere, espere, que aún me queda un poco. ¡Ja! *(Y queda serio.)*

SALCEDO: ¿Te queda algo más?

ALAMEDA: No, señor.

SALCEDO: ¡Alabado sea Dios porque ha permitido que ya estéis aquí por fin! Decidme, ¿y a qué se ha debido la tardanza, galanes?

---

14. *Garrote:* palo.
15. *Vuesa merced:* fórmula de tratamiento respetuoso en los siglos XVI y XVII, que expresa mayor relajamiento que el clásico *vuestra merced*. De su transformación procede el actual *usted*.

ALAMEDA: ¿Qué hora es, señor?[16]

SALCEDO: Ya ha pasado la hora de la comida.

ALAMEDA: ¿Cómo? ¿Que ya han comido en casa?

SALCEDO: Ya te he dicho que sí.

ALAMEDA: (*Aparte.*) ¡Malditos sean entonces los pasteles que me he zampado! (*Dirigiéndose, profundamente irritado, a Luquitas.*) ¿Te parece bien, amigo Lucas, haberme cambiado una comida por un desayuno? Aunque viva de aquí al Juicio Final, ya no podré recuperarla.

SALCEDO: Bueno, bueno, ¿no me vais a explicar a qué se debe tanto retraso? (*Luquitas sale corriendo temiendo ya el castigo. Salcedo va tras él y lo alcanza, llevándolo de nuevo al centro del escenario cogido por las solapas.*) ¿Y tú, don Lucas, de qué huyes? (*Lo golpea con la mano.*) ¡Toma, toma, señor golfo! ¿No te dije que volvieras pronto del recado?

LUQUITAS: ¡Ay, ay, señor, que había mucha gente en las cebollas y en el queso...! Si no, que se lo diga Alameda.

SALCEDO: (*Dirigiéndose a Alameda.*) ¿Es verdad esto que dice Luquillas?

ALAMEDA: ¡Ah, sí...! Vuesa merced debe saber que cuando..., que al tiempo que vuesa merced..., y que yo estaba...

SALCEDO: ¿Qué dices, villano? (*Lo golpea con un palo.*) ¡Toma tú también!

ALAMEDA: ¡Luquitas, ay, ay, ayúdame, ayúdame...! ¡Juro por... que esto no es justo! A él le pega con la mano, y a mí con el garrote. ¡Ningún hombre de bien lo aguantaría!

---

16. Alameda interrumpe el discurso de Salcedo, poniendo de relieve, además de otros defectos, los malos modales del criado.

SALCEDO: *(Se detiene.)* Dejaos ya de tonterías. ¿Qué más da cómo os zurre? La honra va a ser la misma.[17] Decidme de una vez por qué habéis tardado tanto.

ALAMEDA: *(Aparte dirigiéndose a Luquitas.)* ¿Qué es eso que me dijiste antes, Luquitas?

LUQUITAS: *(Aparte, a Alameda.)* Que había mucha gente en las cebollas y en el queso.

ALAMEDA: ¿Qué dices de cebollas y queso? Yo no vi nada de nada.

LUQUITAS: Tú di lo que yo te he dicho; así no nos pegará más.

ALAMEDA: ¡Ah, que es por eso! Pues entonces, fíjate bien, y si me equivoco, hazme alguna señal *(Fin del aparte.)*

SALCEDO: ¿Qué os traéis entre manos? Vamos, dímelo tú.

ALAMEDA: ¡Vale, os lo contaré!

SALCEDO: Pues empieza ya.

ALAMEDA: Vuesa merced ha de saber... *(Aparte.)* ¿Cómo empezaba eso, Luquillas?

LUQUITAS: Lo de las cebollas... *(Fin del aparte.)*

ALAMEDA: ¡Ah, sí, señor! Pues que llegamos a la villa y fuimos a la plaza y entró Luquillas en un sitio y se sentó y como había tantos platos por allí y tantas cebollas llenas de prisa, quiero decir, señor, tantas cebollas llenas de queso... *(Se detiene para respirar.)*

SALCEDO: ¿Pero qué estás diciendo, desgraciado?

---

17. Salcedo no le da importancia a la queja de Alameda, porque siendo criados y villanos no tiene relevancia la preocupación por la honra, como lo demuestra la preferencia de Alameda por la bofetada, que se consideraba una ofensa, frente al garrote.

ALAMEDA: Quiero decir, tantos quesos llenos de cebollas... En fin, parece ser que no nos pudo despachar más deprisa la buñolera... Digo, la pastelera.

LUQUITAS: (*Intentando disimular el error de Alameda.*) ¡Será asno! Por decir «la vendedora» ha dicho «la buñolera». ¡Como las dos acaban en a...! (*Ríe un poco.*)

ALAMEDA: Claro, señor. ¡Será que como las dos acaban en a...! Pero, dígame vuesa merced, ¿cómo se llama eso que es como arrope[18] y echan por encima de unos buñuelos...?

SALCEDO: Te debes de referir a la miel, ¿no?

ALAMEDA: ¡Ah, miel se llama...! ¡Claro...! Pues en despegarla del plato ha tardado más Luquillas que en ninguna otra cosa.

LUQUITAS: (*Con expresión aterrada.*) Señor, os aseguro que miente.

ALAMEDA: ¿Que miento? ¿Que miento yo? Juro por lo que más quieras que ahora mismo acabas de cometer un pecado que llevarás toda tu vida a cuestas. ¿Te atreves a calumniar a un pobre huérfano como yo?

LUQUITAS: (*Intentando enmendar el daño.*) Mire, vuesa merced: yo llegué a la tienda de la mujer que vendía el queso y, después de pagarle con un real, no me quería dar la vuelta, hasta que llegó el alguacil[19] de la villa y la obligó a que me lo devolviese.

ALAMEDA: ¿Alguacil era ese que estaba a la boca del horno con la pala larga...?

---

18. *Arrope:* jalea de frutas parecida a la miel.
19. *Alguacil:* funcionario judicial.

Luquitas: (*Casi gritando.*) ¡A la boca de la calle, querrás decir!

Alameda: ¿Aquella era *boca de calle?* ¡Juro por San..., que era boca de horno y que de ella salía tabla de pasteles!

Salcedo: Me parece a mí que este asunto está un poco enmarañado, y que no puedo juzgar cuál de los dos dice la verdad y cuál es el mentiroso. Pero tú que lo viste y tú que lo hiciste, tanto castigo merecéis el uno como el otro.

Luquitas: (*Derrotado.*) Sepa, señor, que Alameda entró primero.

Alameda: Es verdad que yo entré primero, pero para entonces ya sabía el señor Luquillas que se iba a gastar en buñuelos y pasteles el dinero que os había birlado,[20] y cómo cuadrar después la cuenta.

Salcedo: ¡Basta, basta! ¡Los dos me las vais a pagar todas juntas! (*Buscando el palo.*)

Luquitas: (*Aparte.*) ¡Eh, Alameda, eh, escucha!

Alameda: ¿Eh, a mí me llamas?

Luquitas: ¡A ti, sí! Bien sabes que tú entraste el primero en casa de la buñolera y que comiste tanto como yo.

Alameda: ¡No tienes que decírmelo, ya lo sé!

Luquitas: Recuerda que somos amigos, así que ahora mismo discúlpame ante el amo y di que has dicho todo eso por gastarme una broma.

Alameda: Tranquilo, no te preocupes, que yo te disculpo (*Termina el aparte cuando ya Salcedo está junto a ellos.*) Esto... señor, sepa vuesa merced que Luquillas es uno de

20. *Birlar:* robar (coloquial).

los mayores sisadores del mundo, y que de un real[21] se queda con la mitad [22].

SALCEDO: A ver... cuéntame qué ha ocurrido de verdad.

ALAMEDA: Pues sepa vuesa merced que cuando él entró, yo ya estaba allí... (*Comienza a observar muy fijamente el cuello de Salcedo, y a hablar despacio y perdiendo el hilo, mientras Luquitas se aleja disimuladamente.*) Y se cogió un pastel... al tiempo que decía...

SALCEDO: ¿Pero qué miras, villano? (*Alameda le pega fuertemente con la mano en el cuello.*) ¿Qué haces? ¿Por qué me sacudes con la mano?[23]

ALAMEDA: ¡Por San Jorge, vaya bicho!

SALCEDO: (*Con miedo casi infantil.*) ¿Qué era eso, dime? ¿Era una araña? ¡Mátala, mátala!

ALAMEDA: Espere, señor, que por ahí anda. (*Simula buscarla por el contorno de Salcedo. También, mediante gestos, exterioriza el daño que se ha hecho en la mano.*)

SALCEDO: ¡Mira a ver si la tengo aún, por favor, por favor!

ALAMEDA: Que no, señor, que no era nada..., que era sólo... la sombra de la oreja de vuesa merced; perdóneme, señor. (*Empieza a correr.*)

SALCEDO: (*Dándose cuenta de la treta, lo persigue.*) ¡Venid aquí, que me las vais a pagar todas juntas! ¡Ya veréis los palos que os voy a dar! (*Captura a Alameda, que se sigue quejando de la mano.*)

---

21. *Real:* moneda de plata.
22. La jugarreta de Alameda hacia su compañero Luquitas puede interpretarse como una pequeña venganza por haber perdido la comida principal.
23. Ser golpeado con la mano era considerado uno de los mayores insultos. Así se venga Alameda del golpe que recibió él anteriormente.

ALAMEDA: ¡Ojalá se lleve el diablo vuestro pescuezo, que lo tenéis tan duro que casi me rompo la mano!

SALCEDO: ¿Y a golpes tenías que matar la araña, don nadie?

ALAMEDA: Un ladrillo tenía que haber usado, en vez de la mano, para deshonraros menos...

SALCEDO: ¿Ah, sí? ¡Pues entra!

ALAMEDA: *(Dejándole paso ceremoniosamente.)* Pase primero vuesa merced.

SALCEDO: ¡Pasa tú primero, te digo!

ALAMEDA: ¡Que te crees tú eso! ¡Ni harto de vino me quedo yo aquí, que ya sé lo que me espera![24] *(Sale corriendo en la dirección que tomó Luquitas.)*

FIN

---

24. El primer defecto con que se presenta Alameda en este paso es su atracción por el vino, tanto que Luquitas tiene que sacarlo de la taberna. Este rasgo servirá, asimismo, de broche para cerrar la pieza, pues afirmará que prefiere beber («mejor beba yo que tal haga» en el original) que dejarse golpear.

LA MÁSCARA

PASO EN CUATRO ESCENAS

PERSONAJES: ALAMEDA (criado)

                              SALCEDO (amo)

ESCENA PRIMERA

(Entran dos personajes, cada uno desde un extremo del escenario. Están en las afueras de una villa. Atardece. Salcedo ve inmediatamente a Alameda, pero permanece quieto con los brazos cruzados esperando a su criado. Éste lo busca ostensiblemente.)[1]

ALAMEDA: ¿Anda vuesa merced por aquí, señor?

SALCEDO: Aquí estoy, ¿acaso no me ves?

(Alameda tropieza con él.)

ALAMEDA: ¡Vaya, señor, qué susto! Lo estaba buscando. ¡Menos mal que he tropezado con vuesa merced, porque si no, hubiera tenido que dar más vueltas que un perro antes de acostarse; y aun así no lo hubiese visto!

SALCEDO: *(Con ironía.)* No te esfuerces más en explicarte, Alameda, que te creo.

ALAMEDA: Si no me creyera, señor, es que estaría vuesa merced loco. *(Con aprensión.)*[2] Porque necesito hablar con vuesa merced de un asunto que me tiene muy preocupado, siempre que me guarde el secreto... ¿Cuento con su cilicio?[3]

1. *Ostensiblemente:* de forma patente y clara.
2. *Aprensión:* temor por decir algo que pueda producir un perjuicio.
3. *Cilicio:* vestidura áspera que se usaba antiguamente para la penitencia. Alameda confunde fonéticamente *silencio* con *cilicio.* De este modo, el autor adelanta, en boca del necio, un elemento temático que aparecerá más adelante: la sobriedad con que vestían y vivían los ermitaños.

SALCEDO: Querrás decir con mi «silencio».

ALAMEDA: Sí, silencio será... Estoy pensando que...

SALCEDO: ¡Anda, no pienses más, Alameda, y habla tranquilo, pues este lugar está tan apartado del mundo, que es ideal para silencios y secretos.

ALAMEDA: ¿Está seguro, señor, de que aquí no hay nadie que pueda oírnos? (*Mira por todos lados.*) Asegúrese bien, porque es un secreto muy grande...! (*Cambia de tono.*) Que como os iba diciendo, tropezando que me tropecé con vuesa merced, enseguida vi que era vuesa merced, como si alguien me lo estuviera diciendo al oído.

SALCEDO: (*Con paciencia.*) ¡Que ya te he dicho que te creo, no insistas!

ALAMEDA: ¿Pues cómo no me iba a creer, siendo yo nieto de pastelero?[4]

SALCEDO: ¡Habla ya de una vez!

ALAMEDA: (*Chistando.*) Hable bajito...

SALCEDO: (*Hablando en tono bajo.*) ¿A qué esperas?

ALAMEDA: (*Con tono aún más bajo.*) Más bajo...

SALCEDO: (*Susurrando.*) ¡Di ya lo que tengas que decir, bobo!

ALAMEDA: ¿Pero hay alguien que nos pueda oír?

SALCEDO: ¿No te he dicho ya que no?

ALAMEDA: Vale, pues sepa vuesa merced que me he encontrado por casualidad una cosa con la que puedo llegar a ser una persona muy, pero que muy importante, dejando a Dios aparte.

---

4. Se trata de un contrasentido, pues en el gremio de pasteleros tenían fama de embusteros, por casos ocurridos en que los rellenos de los pasteles estaban en mal estado.

SALCEDO: ¿Dices que has encontrado algo, Alameda? (*Con expresión codiciosa.*) Tu socio quiero ser desde ahora mismo.

ALAMEDA: No, no, de eso nada. Yo me lo encontré, y yo lo voy a disfrutar, si nada lo impide.

SALCEDO: Bueno, ya veremos... Muéstrame ya lo que has hallado, enséñamelo.

ALAMEDA: ¿Ha visto vuesa merced alguna vez... un cernícalo?[5]

SALCEDO: (*Con gesto inteligente, señalando a su criado.*) Sí, claro, muchas veces...

ALAMEDA: ¡Pues aún es más importante lo que yo he hallado! Que esto vale..., por lo menos... veinticinco maravedíes.

SALCEDO: ¡No me digas más, y enséñamelo ya, Alameda!

ALAMEDA: (*Haciéndose de rogar.*) No sé si lo venderé o si lo empeñaré...

SALCEDO: (*Impaciente.*) ¡Enséñamelo!

ALAMEDA: Con cuidado, señor, mírela un poquito. (*Le muestra una máscara que oculta entre las ropas.*)

SALCEDO: (*Mira con atención, pero reacciona pronto.*) ¡...Maldita sea! ¿Y eso es todo lo que has encontrado?

ALAMEDA: (*Ofendido.*) ¡Cómo! ¿No le parece algo bueno? Pues, sepa vuesa merced, señor, que venía yo del monte con la leña cuando la encontré junto a la valla del corral. Sí, esta cara del diablo que aquí ve... Y dígame, señor Salcedo, ¿sabe vuesa merced de dónde salen estas caras tan raras?

---

5. *Cernícalo:* Lope de Rueda juega aquí con los dos significados: 1 Ave de rapiña, muy común en España. 2 Hombre ignorante y rudo (coloquial).

SALCEDO: (*Disimulando la risa.*) Mi buen Alameda, lo único que puedo decirte es que más te hubiera valido que las pestañas de los ojos se te hubiesen caído al suelo, antes de sufrir una desgracia como ésta

ALAMEDA: ¿Desgracia es encontrarse alguien una cosa tan importante...?

SALCEDO: ¡Vaya si es desgracia! No quisiera estar yo en tu pellejo, ni por todo el oro del mundo ¿Sabes acaso quién es ese pobre desgraciado?

ALAMEDA: ¿Pobre desgraciado, dice? ¿Es que es alguien?

SALCEDO: Me parece... que lo conozco de algo...

ALAMEDA: (*Mirando la máscara con atención.*) Yo también..., ahora que lo dice...

SALCEDO: Dime, Alameda, ¿tú te acuerdas del ermitaño al que unos maleantes desollaron la cara para robarle..., un tal Diego Sánchez?

ALAMEDA: ¿Diego Sánchez?

SALCEDO: Sí, Diego Sánchez. No me puedes negar que es él.

ALAMEDA: ¿Que éste es Diego Sánchez...? ¡Oh, desdichada la madre que me parió! ¿Y por qué no quiso Dios que yo me encontrase una alforja de pan y no la cara de un desollado?[6] (*Hablándole a la máscara.*) ¡Eh, Diego Sánchez, Diego Sánchez! ¿Me oye vuesa merced? ...No, no creo que me responda por más voces que le dé. (*Dirigiéndose a Salcedo.*) Y dígame, señor, ¿qué fue de esos criminales? ¿Los encontraron?

---

6. *Desollado:* que le han arrancado la piel.

SALCEDO: No, no han dado con ellos. Pero, debes saber, amigo Alameda, que la justicia anda desesperada por saber quiénes son los delincuentes.

ALAMEDA: ¿Y... acaso, señor, soy yo ahora el delincuente...?

SALCEDO: (*Con tono grave.*) Sí, amigo.

ALAMEDA: (*Con miedo.*) ¿Y qué me harán si me cogen...?

SALCEDO: Lo menos que te harán cuando te encuentren... y eso, si se portan bien contigo..., ¡será ahorcarte!

ALAMEDA: ¿Ahorcarme...? ¡Ay, madre, con lo fácilmente que yo me atraganto! Además, estoy seguro de que, si me ahorcan, se me quitarán las ganas de comer... ¡Y encima, después de eso, seguro que me llevan a galeras[7]...!

SALCEDO: Mira, Alameda, te voy a dar un consejo. Debes ir ahora mismo a la ermita de San Antón y hacerte ermitaño, igual que lo fue ese pobre desgraciado cuyo rostro te has encontrado. Y de esa manera, la justicia no te hará nada.

ALAMEDA: Y dígame, señor Salcedo, ¿cuánto me costaría a mí, para hacerme eremita[8], una tablilla y una campanilla[9] como las que llevaba ese desdichado?

SALCEDO: No hace falta que las busques, porque las que tenía el pobre ermitaño las está vendiendo el pregonero[10] en el pueblo y, si quieres, se las puedes comprar. Aunque... pensándolo bien, de una sola cosa tengo miedo.

---

7. *Galera:* antiguas embarcaciones de vela, en las que los remadores solían ser delincuentes que pagaban así su pena o castigo.
8. *Eremita:* sinónimo de ermitaño.
9. *Una tablilla y una campanilla:* más adelante aparecerá también mencionada *la lámpara del aceite.* Sobre estos objetos se establecía una suerte de devoción ambulante, sirviendo como signos con los que los ermitaños se identificaban para pedir limosna.
10. *Pregonero:* empleado público que dice en voz alta algo que a todos conviene saber.

ALAMEDA: Pues yo, de más de doscientas... ¿Y de qué cosa es su miedo?

SALCEDO: De que estando tú solo en la ermita se te pueda aparecer el espíritu de ese desventurado... Pero, ¿qué digo? Mejor será que te asuste a ti un fantasma a que nos asustes tú a todos colgado por el cuello, como perro estrangulado.

ALAMEDA: *(Con sofoco.)* Más me asustaría yo, que en cuanto se me aprieta un poco la nuez, dejo de respirar...

SALCEDO: Pues, amigo, date prisa, porque si tardas más, puede ocurrir que te encuentre la justicia.

ALAMEDA: *(Hace amago*[11] *de irse corriendo, pero vuelve enseguida.)* ¿Y qué vamos a hacer con esta cara desollada... o lo que sea?

SALCEDO: Esa déjala aquí, Alameda, no sea que te encuentren con ella.

ALAMEDA: Pues nada, yo me voy. ¡Y quiera Dios que acabe siendo un buen ermitaño! ¡Hala, *(dirigiéndose a la máscara)* uh, uh, quédese ahí, señor Diego Sánchez...! *(Sale.)*

---

11. *Hacer amago:* mostrar la actitud de ir a realizar algo (frase hecha).

ESCENA SEGUNDA

SALCEDO: *(Solo, y tomando en sus manos la máscara. Dirigiéndose al público.)* Ahora que he hecho creer a ese animalazo que esta máscara de carnaval es la mismísima cara de Diego Sánchez es el momento de hacerle una estupenda broma. Y va a ser que voy a buscarme una buena sábana con la que me voy a disfrazar, y le saldré al encuentro fingiendo que soy el espíritu del ermitaño. Ya veréis qué burla tan divertida... ¡Así pues, voy a poner manos a la obra!

ESCENA TERCERA

(Sale de escena Salcedo por un extremo, y entra Alameda por el otro, vestido ya de ermitaño, con una vela y una campanilla.)

ALAMEDA: *(Con tono quejumbroso.)*[12] ¡Dadme, por Dios, una limosna para la lámpara del aceite! ¡Que no sabéis, señores, qué trabajosísima es la vida del ermitaño, que sólo me mantengo con algunos trozos de pan seco, y ya me empiezo a parecer a un perro ladrador y conejero, al que matan de hambre para que así cace mejor...! ¡Y esto que digo bien lo saben los mismos perros, que antes eran ami-

---

12   *Quejumbroso:* con tono de queja.

gos míos, pero que ahora, cuando me ven vestido de esta manera, ya no me reconocen, sino al contrario: al ver que voy pidiendo limosna de puerta en puerta y que me dan los mendrugos que antes los amos guardaban para ellos, se me echan encima con las bocas abiertas como el pájaro cuco cuando se come una mariposa. *(Haciendo pucheros.)* *(Sigue hablando dirigiéndose al público.)* Y lo peor de todo es que en la ermita, cuando escucho cualquier pequeño ruido, aunque sea el vuelo de un mosquito, pienso enseguida que es el alma del ermitaño desollado, y siento tanto miedo, que no puedo evitar esconder la cabeza debajo de la ropa como si fuese una olla de arroz con una tapadera encima para que no rebose.[13] ¡Ay, que Dios me alivie este tormento por el poder que tiene, amén!

SALCEDO: *(Fuera, con voz de fantasma.)* ¡Alameeeda!

ALAMEDA: ¡Ay, que me están llamando! *(Alzando la voz.)* ¿Es, por Dios, alguien me va a dar una limosna para la lámpara del aceite?

SALCEDO: ¡Alameeeda!

ALAMEDA: Ya van dos Alamedas. ¿Quién conoce mi nombre aquí en el monte? *(Para sí.)* Esto no me suena bien. ¡Dios me ampare!

SALCEDO: ¡Alameeeeeeeeda!

ALAMEDA: *(Santiguándose.)* El Espíritu Santo sea conmigo y contigo y con todos nosotros, amén... Esto va a ser alguien que me quiere dar una limosna...

---

13. Esta comparación doméstica nos aporta un rasgo físico (prosopográfico) de Alameda, que nos permite imaginarlo como un criado obeso.

Salcedo: ¡Alameeeda!

Alameda: (*Un poco molesto.*) Eso, eso... mucho «Alameda, Alameda», para luego fastidiarme con una limosnilla de nada.

Salcedo: ¡Alonso de Alameda!

Alameda: ¿Alonso y todo? Ya se saben hasta mi nombre de pila... Esto no me suena bien.... Debo atreverme a preguntar quién es, aunque tengo el miedo metido en el corazón. (*Alzando la voz temblorosa.*) ¿Quién sois?

Salcedo: ¿Acaso no me conoces por la voz?[14]

Alameda: ¿Yo por la voz...? Ni lo conozco ni quiero conocerlo. ¿Cómo voy a conocer a vuesa merced si no le veo la cara...?

Salcedo: ¿Conociste a Diego Sánchez?

Alameda: (*En aparte y con gran susto.*) ¡Él es, él es! Mas.... podría ser que no fuese él, sino otro... (*Dirigiéndose al fantasma, que está escondido.*) ¡Señor..., sepa vuesa merced que he conocido a siete u ocho con ese nombre en esta vida!

Salcedo: ¿Y cómo es que no me conoces a mí, Alameda?

Alameda: (*Con miedo.*) Señor, ¿sois alguno de ellos?

Salcedo: Sí soy, porque has de saber que antes de que me desollasen la cara...

Alameda: (*Corriendo de un lado para otro del escenario.*) ¡El desollado es, el desollado es! ¡Dios me ampare!

Salcedo: ¡Y para que me reconozcas, voy a mostrarme ante ti!

14. Alameda se muestra tan necio y asustado que no es capaz de reconocer la voz de su amo Salcedo.

ALAMEDA: ¿Ante mí decís? Por mí, podéis evitaros la molestia... Escuchad, señor Diego Sánchez, esperad a que pase otro por este camino que conozca a vuesa merced mejor que yo.

SALCEDO: ¡A ti es a quien he sido enviado!

ALAMEDA: ¿A mí, señor Diego Sánchez? ¡Vaya por Dios!, ¿Sabe qué...? ¡Yo me doy por vencido! ¡Así que muéstrese ya! *(Entre dientes, y en aparte.)* Consiento porque no tengo más remedio....

SALCEDO: ¿Qué dices?

ALAMEDA: Que estoy confuso, señor.

ESCENA CUARTA

SALCEDO: *(Aparece sobre el escenario haciendo aspavientos*[15] *de fantasma, cubierto con una sábana y con la máscara puesta.)* ¿Me conoces ahora?

ALAMEDA: *(Temblando de miedo.)* ¡Ta, ta, ta... sí, señor! ¡Ta, ta, ta..., lo conozco!

SALCEDO: ¿Quién soy?

ALAMEDA: Si no me equivoco, sois el ermitaño al que desollaron la cara para robarle.

SALCEDO: ¡El mismo!

ALAMEDA: ¡Ojalá que Dios no hubiese permitido ese crimen! Y dígame vuesa merced, ¿tenéis o no tenéis cara?

---

15. *Aspaviento:* gesto exagerado para asustar.

Salcedo: *(Con tono nostálgico.)* Antes tenía la mía, pero ahora tengo una postiza a causa de mis pecados.

Alameda: ¿Y qué quiere vuesa merced ahora, señor ilustrísimo[16] Diego Sánchez?

Salcedo: Que me respondas a una pregunta, sólo a una: dime, ¿dónde están los esqueletos de los muertos?

Alameda: *(Aparte.)* A la sepultura me envía derechito. *(Al fantasma.)* Y dígame vuesa merced, ¿se... come en el más allá, señor Diego Sánchez?

Salcedo: Sí, ¿por qué lo preguntas?

Alameda: ¿Y qué comen?

Salcedo: Lechugas cocidas y raíces de malvas.

Alameda: ¡Bellaco[17] manjar es ese, por cierto! ¡Deben de andar todos allí con unas buenas diarreas! ¿Y por qué me queréis llevar con vuesa merced?

Salcedo: Porque te has puesto mis ropas sin mi permiso.

Alameda: *(Haciendo gran gesticulación[18] se desprende de algunas de ellas.)* ¡Oh, tómelas, tómelas y lléveselas, que no las quiero!

Salcedo: A mí no me las des. Tú mismo has de venir conmigo para explicarlo, y si allá en el cementerio creen que no eres culpable, podrás regresar.

Alameda: ¿...Y si no?

---

16. *Ilustrísimo:* tratamiento elevado que se da a ciertas personas.
17. *Bellaco:* miserable (Alameda se enfada cuando el supuesto fantasma le ofrece por alimento, una vez muerto, comida tan frugal. A partir de ese momento, busca la primera ocasión para escapar).
18. *Gesticulación:* muchos gestos expresivos.

Salcedo: Te quedarás para siempre con los esqueletos en un osario[19] lúgubre y viejo... Pero, antes aún queda otra cosa.

Alameda: ¿Qué es, señor?

Salcedo: Has de saber que aquellos que me desollaron me echaron a un arroyo, y que allí sigue mi cuerpo...

Alameda: ¡Bien fresquito tiene que estar su Excelencia!

Salcedo: ...Y es imprescindible que ahora, cuando llegue la medianoche, vayas allí, al arroyo, y saques mi cuerpo y lo lleves al cementerio de San Gil, que está a las afueras de la villa, y allí mismo digas a grandes voces: «¡Diego Sánchez!».

Alameda: Y diga, señor, ¿tengo que ir ahora? (Rascándose la cabeza pensativo.)

Salcedo: ¡Ahora mismo!

Alameda: Pero, señor Diego Sánchez, ¿no será mejor que vaya antes a casa a por un borrico para que el cuerpo de vuesa merced vaya montado como un señor?

Salcedo: Sí, date prisa.

Alameda: (Alameda hace amago de irse.) ¡Ya mismo estoy de vuelta!

Salcedo: ¡Vamos, que aquí te estoy esperando!

Alameda: (Se frena.) Y dígame, señor Diego Sánchez, una duda que yo tengo: ¿cuánto falta para el día del Juicio Final?

Salcedo: Sólo Dios lo sabe.

---

19. *Osario:* lugar donde se guardan los huesos que se sacan de las sepulturas a fin de volver a enterrar en ellas.

ALAMEDA: (*Aparte.*) Pues te vas a quedar aquí esperando hasta que Dios te lo diga. (*Se aleja corriendo.*)

SALCEDO: ¡Vuelve pronto!

ALAMEDA: (*Con sorna, desde el otro lado del escenario.*) ¡No coma vuesa merced nada hasta que yo vuelva!

SALCEDO: (*Queda pensativo, pero reacciona pronto.*) ¡Conque sí, eh! ¡Espera ahí, que voy a por ti! (*Lo persigue.*) ¡Uuuuhh!

ALAMEDA: (*Huyendo.*) ¡Ay, madre mía! ¡Que viene a por mí!

(*Ambos dan dos vueltas corriendo por el escenario.*)

FIN

CORNUDO Y CONTENTO

PASO EN TRES ESCENAS

PERSONAJES: Lucio (médico)
                          Martín (marido)
                          Bárbara (esposa)
                          Estudiante (amante)

ESCENA PRIMERA

(Aparece Lucio ante la puerta de su botica.)

Lucio: «¡Oh, miserabelis doctor, quanta pena paciuntur propter miseriam!», que para iletrados[1] es como si dijera: «Oh, médico miserable, cuántas penas has de padecer a causa de la miseria...» Yo también me pregunto por qué he de tener tan mala suerte, pues en todo el día no he prescrito ni una sola receta. *(Ve asomar a Martín, que viene caminando.)* ¡Pero mirad quién viene por ahí para aliviar mis penas! *(En tono confidencial.)* Este es un pobre necio a quien su mujer ha hecho creer que está enferma, para poder verse a solas cuando quiere con un estudiante... Así que voy a atenderle ahora mismo. *(Frotándose las manos.)* Mientras este simple tenga pollos en el corral con que pagarme, ya me encargaré yo de que su mujer siga teniendo fiebre... *(Se ríe por lo bajo.)*

---

1.   *Iletrados:* analfabetos o con muy escasa formación.

ESCENA SEGUNDA

Lucio: Bienvenido sea el bueno de Alonso de...[2]

Martín: No, no, señor Licenciado: Martín de Villalba me llamo, para servir a vuesa merced. (*Le entrega una cesta de regalo.*)

Lucio: «Salus adque vita in que Nestoreos superetis dias» que para iletrados vengo a decir: «Te deseo salud y que vivas más años que Matusalén...»[3] Pero, hombre, por Dios, señor don Martín de Villalba, ¿por qué os habéis molestado? (*Se trata de unos pollos que están en el interior de la cesta, aunque no se ven.*)

Martín: ¡Oh, disculpe vuesa merced! Todavía son muy pequeñuelos. Yo le prometo que, cuando sane mi mujer, le traeré un ganso bien grande que estoy engordando...

Lucio: ¡Dios os dé salud!

Martín: (*Sobresaltado.*) ¡No, no, señor, primero a mi mujer, por Dios Bendito!

Lucio: (*A un criado que aparecerá fugazmente para recoger la cesta.*) Chico, toma estos pollos y guárdalos en la despensa.

Martín: No, no, señor, que no son pollos para guardar en la despensa. ¡Bien vivos que están! ¿Sabe ya cómo hay que prepararlos?

Lucio: La verdad es que no...

---

2.   Con este nombre pretende el médico halagar a su cliente.
3.   *Matusalén:* es la persona más vieja que se menciona en el Antiguo Testamento. Se dice que alcanzó la edad de 969 años.

MARTÍN: Mirad: primeramente los ha de matar y desplumar y tirar las plumas y también los hígados, si es que ve que los tienen enfermos.

LUCIO: ¿Y después?

MARTÍN: Después debe guisarlos, y comérselos cuando tenga apetito.

LUCIO: Me parece muy bien todo eso, pero decidme... ¿cómo ha pasado la noche vuestra mujer?

MARTÍN: Ha debido de descansar bastante, señor, pues no se ha quejado de nada en toda la noche. Y es que ha dormido en casa un estudiante[4] que ella dice que es su primo, y que tiene muy buena mano para curar con salmos[5] y oraciones.

LUCIO: Me lo creo...

MARTÍN: ¡Que Dios la ampare y nos proteja de todo mal!

LUCIO: ¿Y se ha quedado ella en casa?

MARTÍN: ¡Claro que sí! Creedme: está tan enferma que si saliese de casa, se moriría.

LUCIO: ¿Se tomó ya el purgante[6] que le di?

MARTÍN: ¡Ay, mi madre, eso sí que no, que no lo quiso ni oler! Ahora, eso sí, ideamos un buen plan para que le hiciese efecto la medicina.

LUCIO: ¿Y qué plan fue ese?

MARTÍN: Pues verá, ese primo suyo que le he dicho, que es muy culto y muy leído, sabe más que el diablo.

---

4. La figura del Estudiante es frecuente en los pasos teatrales de la época, caracterizado como burlón, astuto, y envuelto en episodios amorosos.
5. *Salmo:* composición que contiene alabanzas a Dios.
6. *Purgante:* medicina para limpiar el aparato digestivo.

Lucio: ¿Y eso?

Martín: Porque me dijo: «Mira, Martín de Villalba, tu mujer está indispuesta, y es imposible que pueda beberse esa medicina que le has traído. Pero tú siempre dices que la quieres mucho». Le respondí yo: «¡Ay, mi madre! No lo dudes ni un momento, que te juro que la quiero más que las coles al tocino». Respondió él: «Pues con más razón. Bien te acordarás de que cuando te casaste con ella, dijo el cura que os uníais en una misma carne». Respondí yo: «Eso es verdad». Y dijo él: «Pues si es verdad lo que el cura dijo, y siendo los dos una misma carne, si tú te bebes ese purgante, el mismo provecho le hará a tu mujer que si ella lo tomase».

Lucio: *(Con cara de asombro.)* ¿Y qué hicisteis?

Martín: ¡Pardiez, pues tomármelo! No había terminado de hablar y ya estaba el vaso más limpio que si en él hubiera bebido el gato de Mari Jiménez que, según creo, es la cosa más voraz[7] del mundo.

Lucio: ¡Y seguro que a ella le ha sentado muy bien...!

Martín: ¡Y tanto que le sentó bien! Se despertó a las once de la mañana como una rosa, y con tanto apetito que se hubiese comido un toro de haberlo tenido delante. Yo fui el que no pudo pegar ojo en toda la noche; que luego amanecí muy malito, con retortijones[8] en todo el vientre por culpa del purgante.

Lucio: *(Con cara de asombro.)* ¿Y cómo terminó la cosa...?

7. *Voraz:* que come mucho y con mucha ansia.
8. *Retortijón:* dolor agudo que se siente en el intestino.

MARTÍN: Pues terminó, señor, que, como no me podía ni mover del dolor que tenía en la barriga, me dijo su primo: «Parece mentira, qué poco vales, Martín. Por un maldito purgante de nada, estás que pereces un búho congelado». Y va el señor y, sin pensárselo dos veces, agarró una gallina por el pescuezo, que parece que lo estoy viendo, y en un santiamén la guisaron y se la zamparon entre los dos.

LUCIO: ¡Con gusto me hubiera sumado yo a ese convite![9]

MARTÍN: (*Haciendo pucheros.*) ¡Ay, mi madre! También yo hubiese querido, pero me convencieron de que si yo comía, le sentaría mal a ella.

LUCIO: Hicisteis muy bien. Ya sabemos que ella se va a recuperar. Ahora a quien hay que curar es a vos.

MARTÍN: Sí, pero por Dios, doctor, no me mandéis más de aquel purgante. Porque, si no, en poco tiempo, con unos cuantos vasos como el que me tomé, me quedaré sin tripas y con el cuerpo hecho un colador.

LUCIO: (*Conduciéndolo fuera.*) Mirad, ahora tengo que atender unas visitas, pero mañana pasaos por aquí, que os mandaré un buen régimen para que os acabéis de curar.[10]

MARTÍN: ¡Dios lo quiera, señor licenciado!

---

9. Es evidente desde el principio la complicidad del médico en este engaño amoroso, ya que le interesa económicamente mantener viva la apariencia de enfermedad en la esposa. Aquí dice desear sumarse al convite en el que los que engañan se comen además las provisiones del engañado.

10. El médico llega a faltar al juramento hipocrático, pues ya le anuncia que le prescribirá «un buen régimen», de modo que seguirá negándole cruelmente la comida (como ya hacen la esposa y el estudiante).

ESCENA TERCERA

(Entra el doctor en su casa, y queda en la calle Martín de Villalba. Salen juntos Bárbara –su mujer– y el estudiante, quienes, al verlo, se detienen. Antes de que Martín los vea, ella se cubre la cabeza y la cara con un pañuelo.)

ESTUDIANTE: *(Aparte.)* ¡Por todos los diablos, Bárbara! Ahí está tu marido, que viene de la casa del doctor Lucio... Creo que nos ha visto. ¿Qué podemos hacer...?

BÁRBARA: No te preocupes, querido Jerónimo, que yo lo engatusaré[11] como acostumbro. Le haré creer que tú y yo vamos a ir a la iglesia a rezar para que mejore mi salud.

ESTUDIANTE: ¿Y se lo creerá...?

BÁRBARA: ¿Cómo que si se lo creerá? No lo conoces... Si yo le digo en lo más duro del invierno que se vaya a bañar en una acequia[12] congelada, y que eso será bueno para mi salud, aunque sepa que se ahogará, se arrojará a ella vestido y todo. ¡Vamos, háblale! *(Fin del aparte.)*

ESTUDIANTE: ¡Bien hallado don Martín de Villalba, esposo de mi señora prima y el mejor amigo que tengo!

MARTÍN: ¡Hombre, el primo de mi mujer! Me alegro de ver esa cara lustrosa como de pan candeal.[13] ¿Qué te cuentas?

---

11. *Engatusar:* engañar con malas artes. (Las breves intervenciones de Bárbara, la mujer de Martín, sirven para caracterizarla como un personaje cruel.)
12. *Acequia:* zanja o canal por donde se conducen las aguas para regar y para otros fines.
13. *Candeal:* el pan candeal está hecho con harina blanca y, tras hornearlo, resulta dorado y apetitoso. Referido metafóricamente a una persona, entiéndase *saludable.*

¡Oh! (*Fijándose en la mujer.*) ¿Y quién es ésa que va vestida con más capas de ropa que la burra de llevar novias?[14] (*Acercándose a ella.*)

ESTUDIANTE: ¡Apártate, no la toques! Es una moza que nos lava la ropa en la posada de estudiantes.

MARTÍN: ¿Ah, sí...? (*Como dudando.*)

ESTUDIANTE: Sí, de verdad. ¿Acaso te iba yo a mentir?

MARTÍN: ¡Vale, vale, no te enfades! ¿Y a dónde la llevas?

ESTUDIANTE: A casa de unas beatas,[15] que le van a rezar una oración para curarle la jaqueca.

MARTÍN: ¿Seguro que no me engañas?

ESTUDIANTE: Te lo juro por lo que más quieras.

MARTÍN: Pues marchaos. Bueno, pero... ¿necesitas algo?

ESTUDIANTE: Yo no, gracias. Que Dios te dé salud.

MARTÍN: Como quieras.

BÁRBARA: (*Aparte.*) ¡Oh, qué pedazo de mula, no me ha reconocido! ¡Date prisa, vámonos! (*Caminan.*)

MARTÍN: (*Que observa fijamente a la pareja*) ¡Eh, eh, primo de mi mujer!

ESTUDIANTE: ¿Qué quieres?

MARTÍN: ¡Aguarda, por todos los demonios! Que..., o yo me engaño... o esas son las faldas de mi mujer... ¡Sí, es ella! ¿A dónde me la llevas?

BÁRBARA: (*Descubriéndose.*) ¡Ah, traidor! (*Gritando.*) ¡Mirad qué poco me quiere, que me encuentra por la calle y no me reconoce! (*Lloriquea.*)

---

14. *Burra de llevar novias:* muy adornada, como era propio en ese día de celebración.
15. *Beata:* mujer muy devota que frecuenta mucho los templos.

MARTÍN: Calla, calla, no llores, que me rompes el corazón. Yo te reconoceré a partir de ahora, aunque tú no quieras. Pero, dime, ¿a dónde vas? ¿Volverás pronto?

BÁRBARA: Sí, claro que volveré, que no voy más que a hacer unas novenas[16] a una santa a la que tengo gran devoción.

MARTÍN: ¿Novenas...? ¿Y qué son novenas, mujer?

BÁRBARA: (*Percatándose*[17] *de que puede aprovecharse de la ignorancia de su marido, guiña un ojo al estudiante.*) ¿Ah, que no sabes lo que son...? Pues novenas significa... ¡que tengo que estar encerrada nueve días en un convento!

MARTÍN: ¿Sin venir a casa, alma mía?

BÁRBARA: (*Dudando un poco, por si Martín se ha dado cuenta del engaño.*) Pues... sí, sin venir a casa...

MARTÍN: (*Dirigiéndose al estudiante.*) ¡Vaya, me habías asustado, primo de mi mujer! ¡Que casi se me ha helado la sangre, más que bromista!

BÁRBARA: Pero tienes que prometerme una cosa, marido.

MARTÍN: ¿Y qué es, mujer de mi corazón?

BÁRBARA: Que durante los días que yo esté en el convento, tú estés a pan y agua, para que mis oraciones surtan más efecto sobre mi salud.

MARTÍN: ¡Claro, si no es más que eso, descuida que yo lo haré con gusto![18] Así pues, ve allí en buena hora.

BÁRBARA: Adiós, cuida de nuestra casa. (*Comienzan a alejarse ella y el estudiante.*)

---

16. *Novenas:* nueve días de oraciones, lecturas, letanías y otros actos piadosos.
17. *Percatándose:* dándose cuenta de algo.
18. La necedad consustancial del personaje unida al amor presentan un tipo extremo de ceguera amorosa.

Martín: ¡Querida mujer! (*Ellos se detienen de nuevo.*) Querida mujer, ya no tendrás que hablar más como enferma, porque el doctor me ha dicho que es a mí a quien tiene que curar, porque tú, ¡gracias a Dios! ya vas mejorando.

Estudiante: Queda con Dios, amigo Martín de Villalba.

Martín: ¡Ve con Dios! ¡Pero, escucha, primo de mi mujer! No dejes de aconsejarle que, si le van bien los nueve días de las novenas, que las haga decenas, aunque yo deba ayunar por su salud un día más.

Estudiante: ¡Ya procuraré yo que sea así! Queda con Dios.

Martín: Y tú con Él.

FIN

EL CONVIDADO

PASO EN OCHO ESCENAS

PERSONAJES: Caminante Juan Gómez
(el convidado)
Licenciado Cabestro / Asno
(antiguo convecino de Juan Gómez)
Bachiller Brazuelos (compañero
de hospedaje del Licenciado)

ESCENA PRIMERA

(Con alforja[1] y cayado[2], un caminante[3] se acerca a una villa.)

CAMINANTE: *(Se para un momento para secarse el sudor y, mientras, se queja en voz alta dirigiéndose al público.)* ¡Uf!, uno de los peores trabajos que puede tener un hombre en esta miserable vida es el caminar sin descanso. *(Continúa andando.)* Y más aún si le falta dinero. Y digo lo del dinero porque, durante el trayecto hacia esta ciudad, a la que he venido para cumplir un encargo, he sufrido tantos contratiempos e inconvenientes, que me he quedado sin un real. Así que no tengo más remedio que buscar a un paisano mío, que es Licenciado, por si pudiera ayudarme, con el pretexto de entregarle una carta que me han dado para él. *(Se detiene ante una casa.)* Por las señas que tengo, esta debe de ser la posada donde vive. Voy a llamar. *(Alzando la voz.)* ¿Quién vive?

---

1. *Alforja:* talega abierta por el centro y cerrada por sus extremos, formando dos bolsas, donde se guardan cosas que han de llevarse de una parte a otra.
2. *Cayado:* palo o bastón corvo por la parte superior.
3. Representa el tópico de *homo viator* ('hombre viajero'), de profundo simbolismo en la tradición literaria.

ESCENA SEGUNDA

BACHILLER: *(Desde dentro.)*¿Quién llama? ¿Quién está ahí?

CAMINANTE: *(Al público.)* Ya me contestan. *(Dirigiéndose al de la casa.)* ¡Salga vuesa merced aquí fuera!

BACHILLER: *(Lleva un pañuelo viejo en la cabeza, en lugar de bonete.)*[4] ¿Qué es lo que quiere?

CAMINANTE: ¡Estoy buscando a un tal señor Licenciado! ¿Sabe de quién le hablo?

BACHILLER: No, señor.

CAMINANTE: Pues, déjeme explicarle: es un hombre bajo, cargado de espaldas, con barba negra, nacido en Burbáguena.[5]

BACHILLER: Pues no lo conozco. Diga, ¿cómo se llama ese hombre?

CAMINANTE: Verá vuesa merced, allá en el pueblo le llamaban Licenciado Cabestro...[6]

BACHILLER: ¡Vaya casualidad! En mi posada hay uno que dice llamarse Licenciado Asno...

CAMINANTE: ¡Oh, señor, ese debe de ser, porque entre Cabestro y Asno, no me negará que hay mucho parecido...[7] ¡Haga el favor de avisarlo!

BACHILLER: De acuerdo. *(Llamando.)* ¡Eh, señor Licenciado Asno!

---

4. *Bonete:* gorro plano de cuatro picos usado antiguamente por colegiales y graduados (aquí su ausencia denota pobreza).
5. *Burbáguena:* municipio de la provincia de Teruel.
6. *Cabestro:* buey manso.
7. Ambos son manejables y llevan *ronzal* (cuerda con que se sujeta del pescuezo a ciertos animales).

ESCENA TERCERA

(En esta escena, se hablan a voces, ya que el Licenciado está en el interior de la casa y habla desde dentro.)[8]

LICENCIADO: ¿Me llama vuesa merced, Bachiller Brazuelos?

BACHILLER: Sí, señor, salga aquí fuera, por favor.

LICENCIADO: *(Con tono somnoliento.)* Mire, le ruego que me excuse, que ando metido en los placeres del estudio, y concretamente en eso que dice: «sicus adversus tempore, et quia bonus tempus est non ponitur illo».[9]

CAMINANTE: *(Aparte.)* ¿Qué es lo que ha dicho?

BACHILLER: El Licenciado Asno ha venido a decir que le estamos molestando. *(En voz alta.)* ¡Salga vuesa merced, que aquí hay un señor de su tierra!

LICENCIADO: ¡Oh, válgame Dios, señor Bachiller, qué incordio! Oiga, ¿ha visto vuesa merced mi bonete?[10]

BACHILLER: *(Suspirando escéptico.)* Por ahí debe andar, super Plinio...[11]

LICENCIADO: Y... señor Bachiller, mis pantuflas[12] de lana de camello, ¿las ha visto vuesa merced?

---

8. Este paso requiere una mayor complejidad escénica por la disposición espacial de los personajes.
9. *Cuando no tengo tiempo, tengo que trabajar; y cuando tengo tiempo, no me apetece* (traducción de un latín macarrónico).
10. Se trata del primer requerimiento que el licenciado hace al bachiller, mediante el que se evidencia su dependencia de éste.
11. *Super Plinio:* escritor romano del siglo I de nuestra era llamado Plinio el Viejo, famoso por su absoluta dedicación al estudio. Sin duda el apelativo está cargado de ironía, pues indirectamente se muestra al personaje como holgazán.
12. *Pantuflas:* zapatillas cómodas, abiertas por el talón. El licenciado pretende exagerar la calidad y exotismo de dichas pantuflas.

BACHILLER: No las busque más, porque Periquillo se las ha llevado para que las remienden y les echen unas suelas nuevas, que estaban ya muy desgastadillas.

LICENCIADO: Señor Bachiller, ¿y mi capa la ha visto?

BACHILLER: (Con paciencia.) Busque vuesa merced encima de la cama; ya sabe que por las noches no tiene más manta que esa...

LICENCIADO: ¡Ah, ya la he encontrado! A ver, ¿qué es lo que me decía vuesa merced?

ESCENA CUARTA

(Saliendo al escenario.)

BACHILLER: ¿Ahora sale con esas, después de dos horas que le llevo llamando...? Este señor le busca, que dice que es de su tierra.

LICENCIADO: ¿De mi tierra...? Bueno, si él lo dice...

CAMINANTE: ¿No me conoce vuesa merced, señor Licenciado?

LICENCIADO: No, no lo conozco, si no es para servirle.

CAMINANTE: ¿No se acuerda de un tal Juanillo Gómez, hijo de Pedro Gómez, y que vuesa merced y yo fuimos juntos a la escuela e interpretamos aquella pantomima de los Gigantillos?

LICENCIADO: Déjeme pensar..., a ver, a ver... Dígame, ¿es vuesa merced hijo de un charcutero?

CAMINANTE: ¡Que no, señor! ¿No se acuerda vuesa merced que su madre y la mía vendían rábanos y coles allá en el arrabal[13] de Santiago?

LICENCIADO: ¿Rábanos y coles...? ¡Sedas y colchones de finísima lana querrá decir vuesa merced!

CAMINANTE: De acuerdo, lo que diga vuesa merced... Pero, ¿de verdad no me reconoce?

LICENCIADO: ...Ya, ya caigo en la cuenta... ¿No es vuesa merced el chico que hizo el papel de mocita en aquel teatrillo escolar, aquel golfillo, el que llevaba siempre unas medias rojas...?

CAMINANTE: *(Con gran satisfacción.)* ¡Sí, señor, el mismo, ese soy yo!

LICENCIADO: ¡Oh, señor Juan Gómez, qué alegría! Señor Bachiller, una silla, haga el favor. *(El Bachiller hace como que no oye. En ese momento, entra Periquillo, el muchacho de los recados.)*

---

13. *Arrabal:* barrio situado en las afueras de la ciudad.

ESCENA QUINTA

LICENCIADO: ¡Periquillo, rapaz, trae una silla!

CAMINANTE: No hace falta, de verdad...

LICENCIADO: ¡Oh, señor Juan Gómez, un abrazo! *(Se abrazan.)* Por cierto, ¿le dio mi madre a vuesa merced alguna cosa para mí?

CAMINANTE: Sí, señor.

LICENCIADO: ¡Oh, déme otro abrazo, señor Juan Gómez! *(Vuelve a abrazarlo.)* ¿Y qué es lo que le dio? *(Con enorme interés.)* ¿Es algo de valor?

CAMINANTE: Pues... no mucho...

LICENCIADO: ¡Oh, señor Juan Gómez, sea vuesa merced muy bien venido! Muéstreme lo que trae.

CAMINANTE: Es, señor, una carta que ella me rogó que le entregase.

LICENCIADO: ¿Una carta? ¿Y no le dio, además, algún dinero mi señora madre para mí?

CAMINANTE: No, señor.

LICENCIADO: *(Aparte.)* ¿Y para qué quiero yo una carta sin dineros...? *(Dirigiéndose fanfarrón[14] al caminante.)* No importa, señor Juan Gómez, vuesa merced se va a quedar hoy a comer con nosotros.

CAMINANTE: *(Mintiendo.)* Señor, se lo agradezco mucho, pero en la otra posada ya he dejado encargada la comida.

---

14. *Fanfarrón:* que presume de lo que no es.

LICENCIADO: Permítame que insista...[15]

CAMINANTE: Señor, no quiero contrariarle... Así que aceptaré su invitación y, de paso, le traeré la carta, que he dejado bajo la custodia del mesonero.

LICENCIADO: Pues, vaya, vaya vuesa merced.

CAMINANTE: A su disposición. (Se va.)

ESCENA SEXTA

LICENCIADO: ¿Qué le parece a vuesa merced, señor Bachiller Brazuelos, este convidado nuestro?

BACHILLER: Muy bien, señor.

LICENCIADO: (Enfadado.) Pues a mí me parece muy mal.

BACHILLER: ¿Por qué, señor?

LICENCIADO: ¡Porque yo, para convidarlo, no tengo nada de nada, ni dinero, ni un bocado de pan, ni maldita cosa que comer! Así que... (cambiando de tono) le suplico a vuesa merced que vuesa merced me haga el favor de hacerme un favor vuesa merced, que así estos favores de vuesa merced se juntarían con esos otros favores que vuesa merced suele hacerme, y es este el favor de... prestarme vuesa merced dos reales.[16]

BACHILLER: ¿Dos reales, señor Licenciado? ¿Pretende burlarse de mí aprovechándose de esta comprometida si-

---

15. Esta actitud lo confirma en su imagen pública de hombre con honra. Pero el desenlace de la obra lo mostrará «deshonrado», pues se pondrá en evidencia que es un mentiroso, y que no tiene los recursos económicos que son de esperar por su rango.
16. Circunloquio o rodeo humorístico.

tuación? Vuesa merced sabe muy bien que llevo este andrajo[17] en la cabeza porque mi bonete lo tengo empeñado en la taberna en pago de unos vinillos... ¿Y tiene la desvergüenza de pedirme dos reales?

LICENCIADO: ¿...Pues, entonces, no podría vuesa merced hacerme el favor de pensar una burla para que este convidado se vaya por donde ha venido?

BACHILLER: ¿Una burla dice...? (*Pensando.*) ¡Deje ese asunto en mis manos, que se me ha ocurrido una de tal calibre[18] que ese vecino suyo irá pregonando, cuando vuelva a su pueblo, lo mucho que todos admiran y estiman a vuesa merced!

LICENCIADO: (*Interesado.*) ¿Ah, sí...? Pues explíqueme cómo va a ser la burla.

BACHILLER: Escuche, él va a venir ahora a comer, ¿verdad?; pues bien, vuesa merced se meterá debajo de esa manta. (*Señalando una que está cerca.*) Y cuando él llegue, en seguida preguntará: «¿Dónde está el señor Licenciado?» Yo, entonces le diré: «El señor Arzobispo le ha enviado a predicar ciertas bulas,[19] un asunto urgente; y no ha tenido más remedio que irse».

(*Llaman a la puerta.*)

LICENCIADO: ¡Oh, qué buena idea ha tenido vuesa merced...! Mire, me parece que es él quien llama. (*Se esconde bajo la manta.*)

---

17. *Andrajo:* pedazo de tela viejo, roto o sucio.
18. *Calibre:* tamaño o importancia.
19. *Bula:* documento eclesiástico por el que se concedía al que lo portaba recompensas terrenas o divinas.

ESCENA SÉPTIMA

CAMINANTE: *(Desde fuera.)* ¡Ah, de la casa!

BACHILLER: ¿Quién está ahí? ¿Quién llama?

CAMINANTE: ¿Está en casa el señor Licenciado?

BACHILLER: ¿A quién busca?

CAMINANTE: Al señor Licenciado Asno.

BACHILLER: *(Le abre la puerta y le habla con tono de reproche.)* ¿Acaso vuesa merced pretende comer en esta casa?

CAMINANTE: *(Entendiendo el reproche.)* No, señor, ni mucho menos...

BACHILLER: ¡Que sí, que vuesa merced trae cara de hambre...!

CAMINANTE: ¿Yo? ¡Yo no tengo hambre, de verdad!

BACHILLER: No lo niegue vuesa merced. Que para decir que viene a comer de gorra[20] no hace falta tanta retórica[21].

CAMINANTE: *(Desconcertado.)* He de reconocer que venía a comer, ya que el señor Licenciado me había convidado...

BACHILLER: Pues le aseguro que ha entendido mal la invitación, porque en esta casa no hay dinero, ni tan siquiera un bocado de pan para convidar a vuesa merced.

CAMINANTE: ...Yo no puedo creer que el señor Licenciado haya querido burlarse de mí.

---

20. *Comer de gorra:* comer a costa de otro (frase hecha).
21. *Retórica:* en el contexto, exceso de palabras para decir algo.

BACHILLER: ¡Ah! ¿Qué no se lo cree? Pues entérese bien, él ha sentido tanta vergüenza por no poder atender a esa invitación, que... ¡se ha escondido debajo de esa manta! *(Señalándola.)*

CAMINANTE: ¡Eso no me lo puedo creer, a menos que lo viese con mis propios ojos!

BACHILLER: ¿Qué no? *(Levanta la manta, dejando al Licenciado al descubierto.)* Pues ahí lo tiene, de rodillas y más que abochornado.

CAMINANTE: ¡Jesús, Jesús, señor Licenciado! ¿Por mi causa ha tenido que verse vuesa merced en esta situación...?

ESCENA OCTAVA

LICENCIADO: *(Levantándose del suelo.)* ¡Por todos los demonios, esta ha sido una burla asquerosamente tramada!

BACHILLER: *(Riéndose.)* Pues a mí me parece que ha estado muy bien.

LICENCIADO: *(Muy enfadado.)* No, no ha estado bien, sino que ha sido una gran bellaquería[22] por su parte, porque si yo me escondí es porque vuesa merced me lo aconsejó.

BACHILLER: ¡Pues no haberse escondido!

LICENCIADO: ¿Cómo? ¡Si vuesa merced me dijo que lo hiciese...! *(Amenazante.)* Pues... agradeced que esté aquí delante este señor de mi tierra, que si no, os rompería

---

22. *Bellaquería:* maldad.

aquí mismo los huesos, don bachillerejo de... ¡chicha y nabo![23]

BACHILLER: ¿De chicha y nabo? (*Le persigue por el escenario.*) Espera y verás..., que ya me tienes harto.

CAMINANTE: (*Consternado, hace amago de marcharse.*) ¡Id con todos los diablos! ¡Y allá os la compongáis vosotros mismos!

FIN

---

23. *De chicha y nabo:* que no vale nada (locución coloquial). Esta alusión al grado de bachiller es la única venganza que le queda al licenciado.

LA TIERRA DE JAUJA

PASO EN DOS ESCENAS

PERSONAJES: Honzigera (ladrón)
Panarizo (ladrón)
Mendrugo (dueño de la cazuela)

ESCENA PRIMERA

(Honzigera se adelanta y otea[1] por los alrededores como bus-cando algo; habla a su compañero Panarizo, que se ha quedado rezagado. Cerca hay una cárcel.)

Honzigera: Anda, anda, amigo Panarizo, no te quedes atrás, que ya es hora de tender nuestras redes. Mira que la guardia no está ahora de ronda y las carteras andan descuidadas. *(En voz alta.)* ¡Eh, Panarizo!

Panarizo: *(Que ya está a su lado.)* ¿Qué diablos quieres? ¿Por qué armas tanto jaleo? Me has endosado[2] una deuda en la taberna que me ha dejado empeñado, y encima me estás quebrando la cabeza con tus voces.

Honzigera: ¿Por cuatro miserables cuartos que hemos bebido te has quedado empeñado?

Panarizo: ¡Claro, es que no los tenía...!

Honzigera: Y si no los tenías, ¿cómo lo has resuelto?

Panarizo: ¿Cómo lo iba a resolver? ¡Pues dejando la espada en prenda!

Honzigera: ¿La espada, dices?

---

1. *Otear:* mirar a lo lejos buscando algo.
2. *Endosar:* traspasar a otro una carga para que responda de ella.

PANARIZO: Sí, la espada.

HONZIGERA: ¿Y cómo se te ocurre dejar la espada, sabiendo a lo que vamos?

PANARIZO: Mira, amigo Honzigera..., es hora de que comamos, que estoy muerto de hambre.

HONZIGERA: Y yo más. (*Con tono cómplice.*) Y por eso, amigo Panarizo, estoy aquí esperando a ver si llega un bobo que sé de buena tinta que le va a llevar comida a su mujer, que está presa en la cárcel. ¡Ese sí que nos va a arreglar el día! ¡Una cazuela repleta de comida, te lo garantizo! Tú y yo vamos a contarle la bola esa de la tierra de Jauja, y ya verás cómo se embelesa[3] tanto con esa patraña[4], que podremos llenar nuestras panzas sin que se dé cuenta.

ESCENA SEGUNDA

(*Aparece Mendrugo cantando con mucho ruido. Puede acompañarse dando golpes con un palo en la cazuela que lleva consigo.*)

MENDRUGO: Mala noche me diste,
María del Rión,
con el bimbilindrón...

PANARIZO: (*Intentando hacerse oír.*) ¡Hola, eh! ¿Podríamos hablar?

3. *Embelesar:* fascinar.
4. *Patraña:* mentira.

MENDRUGO: Sí, señor, ya estoy terminando, espere un momento que ya acabo.

> Mala noche me diste,
> Dios te la dé peor,
> del bim bilindrón, dron, dron.

HONZIGERA: ¡Hola, amigo!

MENDRUGO: ¿Hablan vuesas mercedes conmigo o con ella? *(Ocultando la cazuela.)*

HONZIGERA: ¿Quién es ella?

MENDRUGO: Una que es así, redonda, con dos asas y que mira al cielo....

PANARIZO: *(Haciéndose el despistado.)* En verdad que no hay quien acierte tan extraña adivinanza...

MENDRUGO: ¿Se dan vuesas mercedes por vencidos?

PANARIZO: Sí, sí, de verdad...

MENDRUGO: *(Mostrándola.)* ¡La cazuela!

HONZIGERA: ¿Cómo, cazuela llevas? *(Haciendo amago los dos amigos de buscarla y quedársela.)*

MENDRUGO: ¡Eh, no, paren quietos! ¡Válgales el diablo, y qué rápidos son de manos!

PANARIZO: Pues dinos a dónde vas.

MENDRUGO: Voy... a la cárcel...

PANARIZO: *(Mostrando gran interés.)* ¿A la cárcel? ¿A qué?

MENDRUGO: ...Tengo, señores, a mi mujer presa.

HONZIGERA: ¿Y por qué?

MENDRUGO: Por nada... *(Con aire resignado.)* Dicen las malas lenguas que... por celestina.[5]

---

5. *Celestina:* mujer que sirve de intermediaria en una relación amorosa.

PANARIZO: Y dime, ¿tu mujer no tiene ningún padrino que pueda ayudarla?

MENDRUGO: Sí, señor, un padrino que tiene más tentáculos que un pulpo...[6] La Santa Inquisición y muchos más..., y entre todos saben muy bien hacer justicia, así que han decidido que a mi mujer, como es muy buena y lo sabrá llevar muy bien, la vestirán con... ¡el traje de reina del carnaval![7]

HONZIGERA: ¡Reina del carnaval!

MENDRUGO: Sí, reina del carnaval.[7] *(Con tono cándido.)* Y espero que ella lo sepa lucir bien, pues según he oído, con esta distinción nos haremos ricos... Y a todo esto, dígame vuesa merced, ¿sabría decirme que le darán a mi mujer con el traje de reina de carnaval?

PANARIZO: ¿Sabes qué le darán? Pues mucha miel y muchas plumas..., muchos zapatos y hortalizas... *(Honzigera, en aparte, irá explicando con gestos la humillación pública a la que será sometida la mujer de Mendrugo: untarán su cuerpo con miel y la cubrirán de plumas; y luego le lanzarán y la golpearán con diversos objetos. Mientras, Panarizo idealiza ante Mendrugo esa misma circunstancia, acompañándose también con gestos.)*

---

6. *Tentáculo* viene a significar aquí uno de los brazos de la justicia; en este caso, el Tribunal de la Inquisición, que se encargaba de juzgar casos de herejía o brujería.

7. *Reina del carnaval*: en el original, Martín informa de que a su mujer le van a dar «un obispado», palabra que aludía a la imagen del cuerpo cubierto de plumas y desperdicios de quien era condenado a ser emplumado, y que se asociaba irónicamente a las diferentes capas de la vestimenta obispal. En esta adaptación, se ha optado por una referencia contemporánea en aras de la comprensión.

MENDRUGO: ¡Válgame Dios! ¿Todo eso le van a dar? ¡Ya deseo verla reina del carnaval!

HONZIGERA: ¿Para qué?

MENDRUGO: Para ser yo ¡rey del carnaval!

(Panarizo se sitúa junto a Mendrugo.)

PANARIZO: Mira, amigo, mejor sería, si lo pudieses conseguir, que la hiciesen reina del carnaval de la tierra de Jauja.[8]

MENDRUGO: ¡Cómo! ¿Qué tierra es esa?

HONZIGERA: La mejor del mundo, donde pagan a la gente por dormir.

MENDRUGO: ¿De verdad?

PANARIZO: ¡Como lo oyes!

HONZIGERA: *(Señalando un asiento de piedra.)* Ven aquí, siéntate un poco, y te contaremos las maravillas de la tierra de Jauja.

MENDRUGO: *(Mendrugo aún no se sienta.)* ¿De qué tierra, señor?

PANARIZO: *(Conduciéndolo hacia el asiento.)* De la tierra donde azotan a los hombres que quieren trabajar.

MENDRUGO: ¡Oh, qué buena tierra! ¡Cuénteme las maravillas de esa tierra, por lo que más quiera!

HONZIGERA: *(Atrayéndolo hacia su lado.)* ¡Ven, ven acá, y siéntate en medio de los dos. (Se sientan los tres.)* ¡Mira, mira! *(Haciendo gestos para atraer su atención, mientras Panarizo coge comida de la cazuela y se la come.)*

---

8. *Tierra de Jauja:* lugar fabuloso y legendario.

MENDRUGO: Ya miro, señor. (*Mirando sólo y fijamente hacia Honzigera.*)

HONZIGERA: Verás, en la tierra de Jauja hay un río todo de miel (*Panarizo come de la cazuela.*) y junto a él, otro de leche. Y entre río y río, hay un puente de mantequillas sostenido con pilares hechos de requesones, que se hunden en aquel río de la miel, y que parece que está diciendo: «Cómeme, cómeme». (*Panarizo come a dos carrillos.*)

MENDRUGO: ¡Pues, vaya, a mí no me haría falta que me lo dijeran dos veces!

PANARIZO: ¡Escúchame a mí, ignorante! (*Atrayendo la atención de Mendrugo hacia su lado para que Honzigera pueda comer de la cazuela.*)

MENDRUGO: Le escucho, señor.

PANARIZO: Mira, en la tierra de Jauja hay unos árboles cuyos troncos son... ¡de tocino!

MENDRUGO: (*Santiguándose.*) ¡Oh, benditos árboles, Dios os bendiga, amén!

PANARIZO: Y las hojas son hojaldres, y los frutos de estos árboles maravillosos son buñuelos y caen en aquel río de la miel del que ya te hemos hablado, y le van diciendo: «Máscame, máscame». (*Honzigera sigue comiendo aún más ostentosamente,[9] mientras Mendrugo está extasiado.*)

HONZIGERA: (*Atrayendo la atención de Mendrugo para que pueda comer Panarizo.*) ¡Mírame a mí!

---

9. *Ostentosamente:* que se muestra de forma llamativa.

MENDRUGO: Ya lo miro. (*Panarizo vuelve a meter la mano en la cazuela.*)

HONZIGERA: Atiende, en la tierra de Jauja las calles están empedradas con yemas de huevos. Y, entre yema y yema, hay un pastel con lonchas de tocino.

MENDRUGO: ¿Y están asadas...?

HONZIGERA: Tan asadas que ellas mismas dicen: «¡Trágame, trágame!».

MENDRUGO: Ya me parece que las trago...

PANARIZO: (*Atrae de nuevo la atención de Mendrugo.*) ¿Te estás enterando, so bobo?

MENDRUGO: ¡Siga, que me estoy enterando!

PANARIZO: Mira, en la tierra de Jauja hay unas planchas para asar que tienen más de trescientos pasos de largo, llenas de gallinas, capones, perdices, conejos y faisanes...

MENDRUGO: ¡Oh, cómo me los comería yo a todos...! (*Sigue comiendo Honzigera, que ha sacado un cuchillo de un bolsillo y está cortando un trozo de carne que hay en la cazuela.*)

PANARIZO: Y junto a cada ave hay un cuchillo, que no hay más que ponerse a cortar y las mismas aves dicen: «Engúlleme, engúlleme».

MENDRUGO: (*Se para a pensar un momento.*) ¿Desde cuándo las aves hablan?

HONZIGERA: (*Queriéndolo distraer de nuevo.*) ¡Calla y escucha!

MENDRUGO: ¡Que ya escucho, pecador de mí! Estaría todo el día oyendo cosas de comer.

HONZIGERA: Mira, en la tierra de Jauja hay muchas cajas de confitura (*va rebañando Panarizo la cazuela, mientras Honzigera se demora*[10] *en la enumeración para hacer tiempo*), mucha conserva de calabaza, mucho cabello de ángel, muchos mazapanes, muchos confites...

MENDRUGO: (*Relamiéndose.*) Dígalo más despacio, señor, todo eso...

HONZIGERA: (*Dando un ritmo aún más lento a sus palabras.*) Hay golosinas y vasijas de vino que van diciendo: «Bébeme, cómeme, bébeme, cómeme...».

PANARIZO: (*Con la boca llena con los últimos restos que quedaban en la cazuela.*) ¡Date cuenta!

MENDRUGO: Ya me doy cuenta, señor, que me parece que estoy comiendo y bebiendo.

PANARIZO: Mira, amigo, en la tierra de Jauja hay muchas cazuelas con arroz y huevos y queso.

MENDRUGO: (*Con gesto inocente.*) ¿Cómo esta que yo traigo?

PANARIZO: ¡Sí, pero esas sí que están llenas! (*Mendrugo contempla con estupor su cazuela vacía.*) ¡Y cuando uno se las come, juro por el diablo que vuelven a llenarse! (*Riendo ya abiertamente a carcajadas.*)

MENDRUGO: ¡Maldita sea! ¿Qué es lo que me han hecho estos cuentistas de la tierra de Jauja? ¡Ojalá os coman los cuervos! ¿Qué habéis hecho con mi cazuela? (*Empieza a perseguirlos por el escenario; finalmente, los ladrones huyen.*) ¡Cómo me la habéis jugado, bellacos! ¡Más os vale

---

10. *Se demora:* tarda.

que tengáis las patas ligeras! Si había tanta comida en esa tierra, ¿por qué os habéis comido mi cazuela? *(Dándose importancia para contrarrestar la humillación de la que ha sido objeto.)* ¡Pero juro, y yo sí que juro de verdad, que estoy dispuesto a pagar un buen dinero de la Corona de Aragón a la Santa Hermandad[11] para que los encuentren y los traigan presos![12] *(Sale.)*

FIN

---

11. *Santa Hermandad:* cuerpo policial que vigilaba las zonas rurales.
12. Hace alusión al sistema de moneda de la Corona de Aragón, territorio donde cabe suponer se ambienta el presente paso. Con esta afirmación aspira a desagraviar en parte su buena imagen del timo de que ha sido víctima.

PAGAR Y NO PAGAR

PASO EN SEIS ESCENAS

PERSONAJES: Brezano (hidalgo)
                     Cevadón (criado)
                     Samadel (ladrón)

ESCENA PRIMERA

(*El hidalgo Brezano se dirige al público desde la puerta de su casa.*)

BREZANO: (*Con tono airado.*)[1] ¡Vaya! ¿Es normal que un hidalgo como yo tenga que sufrir tal humillación? (*Al público.*) Veréis, mi casero, el dueño de esta casa en la que vivo, me ha llamado la atención doscientas veces para que le pague un atraso que le debo del alquiler.[2] Así que he decidido llamar a Cevadón, mi criado, y darle el dinero para que se lo entregue de una vez. (*Llama en voz alta.*) ¡Eh, Cevadón, sal fuera! ¿Me oyes?

---

1. *Airado:* muy enfadado.
2. Se refiere a la deshonra que supone para un hidalgo que alguien le reclame públicamente una deuda.

ESCENA SEGUNDA

(El criado tarda en salir de la casa.)

CEVADÓN: ¡Oh, señor! ¿Llama vuesa merced?

BREZANO: Sí, don tranquilo, soy yo quien os llama.

CEVADÓN: ¡Ya, ya, si yo sabía que me estaba llamando!

BREZANO: ¿Ah, sí? ¿Y cómo lo supiste?

CEVADÓN: ¿Qué cómo lo supe...? Porque me nombró por mi nombre...

BREZANO: *(Comprensivo.)* Ven aquí. ¿Tú conoces...?

CEVADÓN: *(Interrumpiéndolo.)* ¡Sí, señor, yo conozco!

BREZANO: *(Con estupor.)*[3] ¿Qué conoces?

CEVADÓN: Esto..., lo otro.... ¡Lo que dijo vuesa merced!

BREZANO: ¿Qué dije?

CEVADÓN: ...Ya no me acuerdo...

BREZANO: ¡Dejémonos de tonterías! Dime una cosa, ¿conoces al casero?

CEVADÓN: ¡Claro, señor, que lo conozco!

BREZANO: ¿Y sabes dónde vive?

CEVADÓN: *(Señalando con la mano a la lejanía.)* En aquella casa.

BREZANO: *(Poniéndose la mano de visera.)* ¿Dónde dices que está...?

CEVADÓN: Mire, vuesa merced: camine por esa calle hacia delante y gire la primera a la izquierda, y cuando vea la

---

3. *Estupor:* asombro.

primera casa, busque otra que está más arriba y allí verá un asiento de piedra...

BREZANO: *(Perdiendo la paciencia.)* ¡No me entiendes, asno! ¡Te estoy diciendo que si conoces al casero!

CEVADÓN: ¡Que sí señor, muy rebién!

BREZANO: ¿Y dónde vive?

CEVADÓN: Mire, señor: vaya derechito a la iglesia, y entre en la iglesia, y salga por la puerta de la iglesia, y dé una vuelta alrededor de la iglesia, y deje la iglesia, y tome una callejuela que está junto a la callejuela que está al lado de la callejuela, y siga hasta la callejuela de más arriba....

BREZANO: Ya veo que sabes muy bien llegar...

CEVADÓN: Sí, señor, me lo sé muy demasiadamente[4] bien...

ESCENA TERCERA

(Sale el ladrón Samadel y se agazapa en el extremo del escenario, de modo que se entera de parte de la conversación.)

BREZANO: ¡Pues entonces toma estos quince reales y llévaselos! Y dile que digo yo que eso de exigirme públicamente tantas veces el dinero es un acto ruin, y que digo yo que haga el favor de no volver a hacer esa vileza[5] conmigo.

---

4. *Demasiadamente:* muy (vulgarismo).
5. *Vileza:* mala acción, ruindad.

Pero... (*Hablando en voz baja, para que sólo Cevadón se entere.*), fíjate bien cuando se lo vayas a entregar, porque el casero tiene un parche en un ojo y lleva una pierna arrastrando. Y antes de que se lo des, él te tiene que entregar una carta de pago.[6]

CEVADÓN: ¿Qué antes de darle el dinero le tengo que entregar una carta de pago?

BREZANO: (*Irritado.*) ¡Que no, asno: él a ti!

CEVADÓN: Ya, ya: él a mí. No se preocupe, señor, que lo haré reperfectísimamente.[7]

SAMADEL: (*Aparte, al público.*) Según acabo de enterarme, por aquí va a pasar un mozo con unos dineros que ha de entregar a un mercader. Yo le voy a hacer creer que soy el mercader que busca para quedarme con esos dineros, que me vendrán muy bien para luego echar unas cartas. (*Cevadón se sigue despidiendo del hidalgo, mientras se aleja de él y se dirige hacia donde está el ladrón.*) Ya viene, ya viene, conviene disimular.

BREZANO: (*Desde lejos.*) ¡Espero que lo hagas bien, diablo! (*Sale del escenario.*)

---

6. *Carta de pago*: recibo que acredita que ha sido abonada una deuda.
7. *Reperfectísimamente*: muy bien (vulgarismo).

ESCENA CUARTA

CEVADÓN: Descuide, que lo sabré hacer. ¡Válgame Dios, qué pesado!

SAMADEL: (*Cortándole el paso.*) ¡Hola, amigo! Ya va siendo hora de que me des esos dineros.

CEVADÓN: ¿Es acaso vuesa merced quien los tiene que recibir?

SAMADEL: Soy quien los debería tener ya en mi bolsa.

CEVADÓN: Pues, señor, mi amo me ha mandado que se los dé a vuesa merced y que vuesa merced se los quede, que son quince reales.

SAMADEL: ¡Exacto, quince son! ¡Dádmelos ya!

CEVADÓN: Tome (*Se los va a entregar, pero se detiene.*) ¡Espere un momento vuesa merced!

SAMADEL: ¿Qué tengo que esperar?

CEVADÓN: ¿Dice que qué tiene que esperar...? ¡A ver las señales!

SAMADEL: ¿Qué señales?

CEVADÓN: Las que dijo mi amo que debía tener vuesa merced: un parche en un ojo y una pierna arrastrando.

SAMADEL: ¿Ah, sí? Pues si no es más que eso, mira. (*Se tapa un ojo con la mano y se le acerca mucho para que lo vea.*) ¡Aquí está el parche!

CEVADÓN: ¡Quite de ahí! (*Se aleja un poco de él, con aprensión.*)[8] ¿...Y dice que eso es un parche?

SAMADEL: Pues sí, digo que lo es.

CEVADÓN: Pues yo digo que no lo es.

8. *Aprensión:* temor infundado hacia algo.

SAMADEL: Pues yo digo que sí lo es; y si no, te vas a enterar... (*Lo amenaza con un gesto.*)

CEVADÓN: No me quiero enterar, señor...; será lo que vuesa merced dice. ¿Que dice que es un parche? Pues será un parche. (*Cavilando y queriéndose convencer.*) Claro, como vuesa merced traía bajado el sombrero..., pues no lo había visto.

SAMADEL: ¡Venga ya, dame esos dineros!

CEVADÓN: Tome vuesa merced.

SAMADEL: (*Abre una bolsa.*) ¡Echa!

CEVADÓN: (*Vuelve a guardarse el dinero.*) ¡Espere!

SAMADEL: ¿Qué tengo que esperar?

CEVADÓN: ¿Y dónde está la pierna arrastrando?

SAMADEL: ¿La pierna? (*Comienza a cojear por todo el escenario.*) ¡Mírala!

CEVADÓN: Tome vuesa merced los dineros.

SAMADEL: ¡Vengan...!

CEVADÓN: ¡Espere!

SAMADEL: (*Desesperado.*) ¡Oh, pecador de mí! ¿Pero qué quieres que espere?

CEVADÓN: ¿Que qué tengo que esperar, dice? Pues la carta de pago...

SAMADEL: (*Cavilando un instante.*) ¡Aquí está! (*Saca un papel de un bolsillo y se lo entrega.*) Toma, bobo, que, de verdad, hace ya veinte años que la tengo escrita. ¡Ah, y dile a tu amo que es un grandísimo bellaco!

CEVADÓN: (*Se guarda el papel sin mirarlo y le entrega el dinero.*) ¿Que le diga yo a mi amo que vuesa merced es un grandísimo bellaco?

SAMADEL: Que no..., que se lo digo yo a él. Y que ha sido muy ruin por todo esto de la cojera y del parche.

CEVADÓN: (*Escandalizado.*) ¡Pero, qué dice! Eso de ruin se lo tenía que decir yo a vuesa merced, que mi amo me mandó que se lo dijese. Así que, dese por enterado.

SAMADEL: Bien, de acuerdo. Vete con Dios. (*Se va alejando.*)

CEVADÓN: (*Aparte.*) ¡Y vuesa merced también! Al diablo daría yo el parche ese que lleva, que me estoy temiendo que me ha engañado.

ESCENA QUINTA

(*Entra el hidalgo.*)

BREZANO: ¡Hola, Cevadón! ¿Traes noticias?

CEVADÓN: Sí, señor, ya traigo noticias, y la carta de pago, y todo el asunto resuelto.

BREZANO: ¿Te fijaste bien en él? ¿Viste si tenía un parche?

CEVADÓN: Sí, señor, un parchazo traía tan grande como mi gorro.

BREZANO: ¿Pero tú lo viste?

CEVADÓN: No, señor, pero él dijo que lo traía puesto,

BREZANO: ¿Y tú te fías de lo que te diga?

CEVADÓN: Sí, señor, sé que no iba a mandar su alma al infierno a cambio de un parche o de quince reales.

BREZANO: ¡A ver, atiende! Espero, por tu bien, que hayas hecho el recado como te dije... Dime, ¿llevaba la pierna arrastrando?

Cevadón: Sí, señor. Cuando le di los dineros, arrastró la pierna así (*Lo imita.*), pero luego, cuando ya se marchó, iba más derecho que una vela.

Brezano: ¡Basta! Enséñame la carta.

Cevadón: Tome, señor.

Brezano: (*Leyendo.*) «Querido hermano...»

Cevadón: ¿Dice ahí «querido hermano»?

Brezano: Sí que dice «querido hermano».

Cevadón: Debe de ser el hermano del que ha recibido los dineros.

Brezano: Eso debe de ser... (*Sigue leyendo.*) «Las libras de azafrán...»

Cevadón: ¿Ahí dice «libras de azafrán»?

Brezano: Sí, eso es lo que pone.

Cevadón: «¿Libras de azafrán?» Pues yo no le he traído a vuesa merced ningún azafrán...

Brezano: A mí, desde luego, no.

Cevadón: ¿Entonces cómo es que el papel dice lo del azafrán?

Brezano: (*Indignado.*) ¿Es que no ves que te ha engañado, y que en lugar de carta de pago te ha entregado una carta personal?

Cevadón: ¿Una carta qué...?

Brezano: ¡Una carta personal!

Cevadón: ¡Pardiez, si eso es verdad, ha actuado muy bellaquísimamente!

Brezano: (*Angustiado.*) ¿Y qué podemos hacer?

Cevadón: Yo le diré a vuesa merced lo que podemos hacer. Podemos coger cada uno un palo y buscarlo y descalabrarlo. Vuesa merced primero, y yo después. Y si tenemos suerte, recuperaremos nuestros dineros. Y si ya los ha gastado, le obligaré a que me sirva como criado.

BREZANO: (*Sorprendido.*) ¿Que va a ser tu criado, dices...?

CEVADÓN: Sí, señor. Yo primero lo amenazaré, reprochándole que se ha comportado como un hombre ruin, pues se ha llevado el dinero sin parche y sin pierna arrastrando. Y ahí es donde entra vuesa merced y le descarga una buena paliza.

BREZANO: ¡Pues, hala, vamos!

CEVADÓN: Vamos.

ESCENA SEXTA

(*Sale el ladrón por un lado, y el hidalgo y su criado por el otro portando éstos sendos garrotes.*)

SAMADEL: (*Aparte.*) Ya dice el refrán que lo bien ganado se pierde; y si es hurtado, te quedas sin la honra y sin el dinero sisado. Digo esto porque aquellos dineros que le soplé[9] al mozo zafio[10] ya se me han esfumado[11], la mitad jugando a las cartas, y el resto en la taberna. (*Confidencial.*) Por cierto, me han dicho que me andan buscando; así que no voy a tener más remedio que usar mi viejo truco de cambiar de idioma.

9. *Le soplé:* le robé (coloquial).
10. *Zafio:* tosco, simple.
11. *Esfumarse:* desaparecer (gastar el dinero).

BREZANO: *(Caminando.)* A ver si lo reconoces...

CEVADÓN: No se preocupe vuesa merced, que yo lo recono-ceré muy rebién.[12] Vuesa merced sígame.

BREZANO: Anda, vamos, que te sigo.

CEVADÓN: ¡Señor, señor!

BREZANO: ¿Qué?

CEVADÓN: ¡Caza a la vista! *(Señalándolo.)* Es ese del som-brerito.

BREZANO: ¿Estás seguro de que es él?

CEVADÓN: ¡Que sí, señor! Ese fue el que me engañó y se quedó con los dineros.

BREZANO: ¡Venga, dile algo!

CEVADÓN: *(Llamando en voz alta.)* ¡Eh, hombre de bien!

SAMADEL: ¡La gran bagasa que us parí![13]

CEVADÓN: *(Dirigiéndose al hidalgo.)* No se le entiende, señor.

BREZANO: Pues avergüemos en qué lengua habla. *(Ponen oído.)*

SAMADEL: Iuta drame a roquido dotos los durbeles.[14]

BREZANO: ¿Qué ha dicho?

CEVADÓN: Que se lo ha gastado en pasteles.

SAMADEL: ¡No he fet yo tan gran llegea![15]

BREZANO: ¿Qué es lo que dice?

CEVADÓN: Que él los pagará aunque se pea.

---

12. *Rebién:* mejor que bien (vulgarismo)
13. Valenciano: la gran pécora que te parió.
14. Valenciano: Tu madre ya ha pasado por todos los burdeles.
15. Valenciano: Yo no he hecho tal cosa.

SAMADEL: *(Muy enfadado.)* ¿Qué tengo yo que pagar...?[16]

CEVADÓN: Los dineros que me has robado, so ladrón.

SAMADEL: *(Haciendo el gesto.)* ¡Aquí va un corte de mangas para vos, don villano!

CEVADÓN: *(Le da con el palo.)* ¡Pues aquí va esto, don estafador tramposo!

BREZANO: ¡Di que sí! ¡Dale!

(Samadel huye cojeando de verdad a causa de los golpes, y Cevadón va detrás.)

CEVADÓN: ¡No huyas, cobarde! ¡No huyas!

---

16. La falsa (y simpática) traducción que hace Cevadón de las groseras alocuciones en valenciano hechas por Samadel provoca en éste la reacción de contestar en castellano, de modo que se descubre como culpable y es apaleado por el hidalgo y su criado.

LAS ACEITUNAS

PASO EN OCHO ESCENAS

PERSONAJES: Toruvio (padre)
Águeda (madre)
Mencigüela (hija)
Aloja (vecino)

ESCENA PRIMERA

(Llega del campo a su casa mojado por la lluvia.)

Toruvio: ¡Válgame Dios, menuda tormenta me ha caído desde el barranco hasta aquí. ¡Parecía que el cielo con todas sus nubes se me echaba encima! *(Repentinamente piensa en otra cosa.)* Pero, vayamos a lo que importa: ¿qué comida habrá hecho hoy la buena de mi mujer? *(Encuentra la puerta cerrada.)* Mal rayo la parta![1] *(Grita y da golpes en la puerta.)* ¡Óyeme! ¡Muchacha! ¡Mencigüela! ¿Dormís todos como lirones? ¡Águeda de Toruégano![2] ¿Me oyes?

1. *Mal rayo la parta:* maldición coloquial (frase hecha).
2. *Toruégano:* pudiera referirse a Turégano, pueblo segoviano.

ESCENA SEGUNDA

MENCIGÜELA: *(Abriendo.)* ¡Jesús, padre! ¿Hace falta romper la puerta?

TORUVIO: ¡Mira qué pico tiene la moza y cómo contesta! ¡A ver! ¿Dónde está tu señora madre?

MENCIGÜELA: Allí está, en casa de la vecina, que ha ido a ayudarla a hilar unas madejas de lana.

TORUVIO: ¡Malas madejas os den a ti y a ella! ¡Anda, ve rápido y llámala!

ESCENA TERCERA

ÁGUEDA: *(Llega deprisa al oír las voces.)* ¡Ya voy, ya voy, don impaciente! ¡Como si lo viera! Habrá traído otra carguilla de leña, cuatro malditos troncos de nada, y ya no hay quien lo aguante!

TORUVIO: ¿Ah, sí? ¿Le parece a la señora una carguilla de leña la que traje ayer, que entre yo y tu ahijado no podíamos ni levantarla?

ÁGUEDA: Vale, no quiero discutir. Pero, oye, qué mojado que vienes...

TORUVIO: Vengo hecho una sopa y con mucha hambre. Anda, mujer, por lo que más quieras, dame algo de cenar.

ÁGUEDA: ¿Yo qué diablos te voy a dar si no tengo fuego con que guisar nada?

MENCIGÜELA: (*Justificándola.*) ¡Padre, tenga en cuenta que la leña llegó ayer muy mojada!

TORUVIO: ¡Claro que estaba mojada! Y ahora tu madre es capaz de preguntar por qué... (*Sacudiéndose el agua de la ropa.*)

ÁGUEDA: Anda, corre, muchacha; apaña un par de huevos que ya tengo cocidos para que cene tu padre, y hazle luego la cama. (*Sale Mencigüela.*)

ESCENA CUARTA

ÁGUEDA: (*Con tono de reproche.*) Seguro, marido, que no te has acordado de plantar aquel tallito de olivo que tantas veces te he dicho que plantases.

TORUVIO: ¿Pues en qué te crees que me he detenido, sino en plantarlo, como me pediste?

ÁGUEDA: (*Lo abraza.*) ¡No me digas! ¿Y dónde lo has plantado?

TORUVIO: (*Señalando.*) Allá, junto a la higuera (*poniéndose tierno*), donde, por si no te acuerdas, te di el primer beso...

ESCENA QUINTA

Mencigüela: *(Interrumpiendo.)* Padre, ya puede vuesa merced entrar a cenar, que está todo preparado. *(Queda allí parada.)*

Águeda: Marido, ¿sabes lo que estoy pensando? Que ese tallito que has plantado hoy, dentro de seis o siete años, dará cuatro o cinco fanegas[3] de aceitunas. *(Cada vez más ilusionada.)* Y que, sembrando tallitos aquí y allá..., de aquí a veinticinco o treinta años, tendremos un olivar hecho y derecho.

Toruvio: Es verdad mujer; ¡y será tan bonito...!

Águeda: *(Soñadora.)* Mira, marido, ¿sabes lo que estoy pensando también? Que yo cogeré las aceitunas y tú las acarrearás con el asnillo, y Mencigüela las venderá en la plaza. *(Dirigiéndose a ella.)* Y mira, muchacha, te encargo que no vendas el celemín[4] por menos de dos reales castellanos.

Toruvio: *(Con estupor.)* ¿Cómo que a dos reales castellanos? ¿No ves que es carísimo, y que se molestará en ir todos los días al mercado para no vender nada? Bastará con pedir catorce o quince dineros por celemín.

Águeda: ¡Calla, marido! ¿No te das cuenta de que esas aceitunas son nada menos que de olivos cordobeses?

Toruvio: Pues, aunque sean de la misma Córdoba, no se venderán a más de lo que yo he dicho.

---

3. *Fanegas:* medida de capacidad que equivale a doce celemines.
4. *Celemín:* medida de capacidad equivalente a cuatro litros y medio aproximadamente.

ÁGUEDA: ¡Basta ya! No me marees más la cabeza. (*A su hija.*) Mira, muchacha, te ordeno que no las des a menos de dos reales castellanos.

TORUVIO: ¿Cómo que a dos reales castellanos? (*Tomando del brazo, con firmeza, a la chica.*) ¿A cuánto las vas a vender?

MENCIGÜELA: Al precio que usted dice, padre.

TORUVIO: A catorce o quince dineros.

MENCIGÜELA: Así lo haré, padre.

ÁGUEDA: ¿Cómo que «así lo haré, padre»? (*Cogiéndola del otro brazo con brusquedad.*) Ven aquí, muchacha. ¿A qué precio las vas a poner?

MENCIGÜELA: (*Temerosa.*) Al que usted dice, madre.

ÁGUEDA: ¡A dos reales castellanos!

TORUVIO: ¿Cómo que a dos reales castellanos? (*Nuevamente la agarra del brazo, cada vez más enfadado.*) Te prometo que, si no haces lo que te mando, te daré más de doscientos correazos. ¿A cuánto vas a vender las aceitunas?

MENCIGÜELA: Al precio que usted quiere, padre.

TORUVIO: A catorce o quince dineros.

MENCIGÜELA: Así lo haré, padre.

ÁGUEDA: ¿Cómo que «así lo haré, padre»? (*La golpea.*) Toma, y toma. Tú harás lo que yo te mande.

TORUVIO: Deja en paz a la muchacha, mujer.

MENCIGÜELA: ¡Ay, padre, que me mata madre!

ESCENA SEXTA

(Sale el vecino al oír los gritos.)

ALOJA: ¿Pero, qué escándalo es este, vecinos? ¿Por qué maltratáis así a la muchacha?

ÁGUEDA: ¡Ay, señor, este mal hombre, que quiere venderme las aceitunas por cuatro perras para arruinar mi casa! ¡Unas aceitunas que son como nueces!

TORUVIO: Os juro por los huesos de mis muertos que no son más grandes que piñones.

ÁGUEDA: ¡Sí que lo son!

TORUVIO: ¡Pues no lo son!

ALOJA: Tranquila, señora vecina. Le ruego que entre en su casa, a ver si soy capaz de aclarar este lío con su marido.[5]

ÁGUEDA: Pues espero que lo aclare, porque si no voy a montar una buena. *(Sale.)*

---

5. Aloja invita a aguardar en su casa a su vecina Águeda mientras él intenta mediar en la discusión con su marido. En realidad, espera poder cerrar un buen trato con éste, pues vende las supuestas aceitunas más baratas que su mujer.

ESCENA SÉPTIMA

ALOJA: A ver, señor vecino, ¿qué pasa con esas aceitunas? Sáquelas fuera ahora mismo, que yo se las compraré aunque sean veinte fanegas.

TORUVIO: Que no, señor; que la cosa no es como vuesa merced imagina. No tenemos las aceitunas en casa, sino en un... campito de nuestra propiedad.

ALOJA: Pues tráigalas aquí. Se las compro todas a un precio razonable.

MENCIGÜELA: (*Llorando.*) A dos reales quiere mi madre que se venda el celemín.

ALOJA: Un poco caras, ¿no?

TORUVIO: Pues eso es lo que yo digo.

MENCIGÜELA: (*Gimoteando.*) En cambio mi padre sólo pide quince dineros.

ALOJA: (*Esperanzado.*) ¡Venga, enséñeme aunque sean unas cuantas!

TORUVIO: ¡Válgame Dios, señor! ¡Mire que le cuesta entender...! Verá: hoy he plantado yo un tallito de olivo, y dice mi mujer que de aquí a seis o siete años nos dará cuatro o cinco fanegas de aceitunas, y que entonces ella las cogerá y yo las acarrearé y la muchacha las venderá. Y que, como serán tan buenas, podremos pedir por ellas dos reales por cada celemín. Yo digo que no, y ella dice que sí. Y por eso hemos tenido esta riña.

ALOJA: ¡Vaya, qué discusión tan increíble! ¡En la vida he visto una cosa igual! (*Con paciencia a Toruvio.*) ¡No han hecho vuesas mercedes más que plantar una triste rama y

ya se ha llevado la muchacha una paliza por las aceitunas!
(*Toruvio queda pensativo.*)

MENCIGÜELA: ¿Qué le parece, señor? (*Llora.*)

TORUVIO: No llores, rapaza. (*La abraza con cariño.*) La chica, señor, es como un oro. (*Dirigiéndose a Mencigüela.*) Ahora ve, hija, y ponme la mesa, que yo te prometo que con las primeras aceitunas que se vendan te regalaré una falda.[6]
(*Sale Mencigüela.*)

ESCENA OCTAVA

ALOJA: Ahora vaya vuesa merced y entre en su casa y haga las paces con su mujer.

TORUVIO: Adiós, vecino, y gracias. (*Sale.*)

ALOJA: (*Al público.*) ¡Parece mentira que pasen estas cosas! Apenas han plantado una rama de olivo y ya están peleando por las aceitunas... En fin, señores, al menos yo he cumplido con mi misión; y con esto doy fin al encargo que se me ha hecho.[7] (*Se inclina ceremoniosamente y sale.*)

FIN

6. La necedad de Toruvio llega al extremo de no haber comprendido la explicación de su vecino.
7. Aloja juega, al final de esta pequeña pieza, el papel de maestro de ceremonias, pues es el encargado de cerrar el paso y presentar el comienzo de la siguiente parte dramática.

LOS LACAYOS LADRONES

PASO EN DOS ESCENAS

PERSONAJES: MADRIGALEJO (ladrón y bravucón)

                           MOLINA (lacayo)

                           ALGUACIL

                           PAJE

                           DOS GUARDIAS

ESCENA PRIMERA

(Se oyen fuera gritos de «¡Al ladrón! ¡Ladrón, más que ladrón!». Llega corriendo Madrigalejo, que lleva puesto un gorro con orejeras, y se detiene cerca de un lacayo[1] que anda por allí.)

MADRIGALEJO: *(Con tono indignado, queriendo impresionar al lacayo.)* ¡Maldito sea el turco Taborlán[2] con todas sus concubinas[3] y demás ralea![4] ¡Maldita sea la chusma[5] que ayuda al viejo y carcomido Caronte[6] a conducir su barca a los infiernos! ¡Juro que, si pillo al que ha proferido[7] esa injuriosa palabra contra mí, a base de bofetadas le voy a quitar las arrugas de la cara y se la voy a poner más lisa que un pergamino nuevo!

MOLINA: *(Impresionado.)* Desde luego que esa palabra que le han dicho sonaba fatal, señor Madrigalejo.[8]

---

1. *Lacayo:* criado de uniforme.
2. *Taborlán:* en su verdadera acepción, Tamerlán: conquistador turco-mongol que vivió en el siglo XIV.
3. *Concubina:* mujer que tiene relaciones con un hombre sin estar casados (término hoy día en desuso).
4. *Ralea:* casta o linaje de una persona.
5. *Chusma:* conjunto de personas vulgares.
6. *Caronte:* en la mitología griega, es el barquero encargado de conducir a los que morían a la otra orilla del río Aqueronte (por otros considerado el río Estigia).
7. *Proferir:* decir con vehemencia.
8. Molina reconoce a Madrigalejo porque fue testigo de cómo éste era ajusticiado en Granada.

MADRIGALEJO: ¿Verdad que también le parece así a vuesa merced? Por cierto, ¿cuál es su nombre, señor?

MOLINA: Molina me llamo, señor; para servirle.

MADRIGALEJO: ¿Y le parece señor Molina, que digan de mí tales cosas? ¿Me ve a mí capaz de robarle a vuesa merced la bolsa? ¿Le parece que a mí me van a faltar amigos que me presten un par de reales?

MOLINA: ¡Por Dios, señor! Yo no creo nada de eso; y le aseguro que me ha dolido ver cómo tanta gente se avalanzaba contra vos y os insultaba de esa manera.

MADRIGALEJO: (*Cambiando de tema para embaucarlo.*)[9] ¿Y podría saber de dónde es vuesa merced?

MOLINA: Señor, soy de Granada.

MADRIGALEJO: (*Haciendo memoria.*) Allí me torturaron a mí a base de bien.

MOLINA: ¿Y quiénes se lo hicieron, señor?

MADRIGALEJO: Nada menos que la Justicia.

MOLINA: ¿Y eso cuándo le ocurrió a vuesa merced?

MADRIGALEJO: Ahora hace cinco años.

MOLINA: ¡Ah, pecador de mí! Sí, sí, ya me acuerdo. La verdad es que la Justicia se cebó[10] con vos humillándoos muy cruelmente.

MADRIGALEJO: Ya, ya sé a lo que os referís...

MOLINA: Sí, sí, cuando calumniaron a vuesa merced diciendo que le habían encontrado una noche a horcajadas[11] sobre el tejado de la casa del maestro del coro.

---

9. *Embaucar:* engañar a alguien aprovechándose de su inexperiencia o su inocencia.
10. *Cebarse:* ensañarse.
11. *A horcajadas:* sentarse sobre algo con una pierna a cada lado.

MADRIGALEJO: Y era verdad. Pero, ¿qué importa lo que hayan dicho? (*Confidencial.*) Si la Justicia hubiera sabido de verdad por qué estaba yo allí, me hubiesen colgado del cuello, quedando como gran calabaza sujeta de un gancho.

MOLINA: Dijeron que lo habían pillado a vuesa merced con la jarapa[12] de la puerta en las manos y también con la capa bordada del lacayo que sirve al dueño de la casa.

MADRIGALEJO: Eso es verdad, pero sólo en parte, porque a lo que yo iba realmente a aquella casa era... a vengarme. (*Adopta la pose de una persona agraviada.*) Pero, como no pude agarrar al maestro del coro y matarlo con mis propias manos, no tuve más remedio que pillar lo primero que encontré.[13]

MOLINA: Ya, ya... Por supuesto que vuesa merced no iría allí a robar... Pero como no tuvo más remedio, cuando lo pillaron y castigaron, el pregonero iba diciendo a voces: «¡Por ladrón se castiga a este hombre! ¡Por ladrón!».

MADRIGALEJO: (*Orgulloso.*) Pero dígame, amigo, ¿ha visto vuesa merced en toda su vida a alguien con más valor[14] que yo subido en aquel burro, aguantando los terribles azotes de aquel verdugo, que ha sido el mayor enemigo que he tenido en Granada?

MOLINA: (*Fascinado.*) Creo que jamás vi cosa parecida.

MADRIGALEJO: Fue tan sanguinario y cruel cuando me azotaba las espaldas con el látigo, que dos o tres veces

---

12. *Jarapa*: tejido basto y grueso con que se hacen alfombras, mantas, cortinas, etc.
13. El personaje pretende, con esta fabulación, quitar importancia al hecho de que lo detuvieran por ladrón.
14. Mediante su tono bizarro y ese supuesto valor, idealiza de nuevo la deshonra sufrida.

intenté bajarme del burro para acabar con aquel calvario.

MOLINA: *(Con tono inocente.)* ¿Y por qué no lo hizo, señor?

MADRIGALEJO: ¿Dice que por qué no lo hice...? ¿Por qué iba a ser? ¡Porque iba atado, pobre de mí!

MOLINA: Francamente, me sorprendió que no muriese vuesa merced en aquel trance, de cómo llevaba las espaldas.

MADRIGALEJO: ¡Y de qué manera se vio envuelto el pobre de Madrigalejo en aquellas duras batallas por querer bajarse del burro y no poder!

MOLINA: *(Que no capta el sentido.)* Pues sí que ha debido de ser más de una batalla, porque, según dicen por ahí, en otras dos ocasiones le han dado a vuesa merced cien azotes.

MADRIGALEJO: *(Fanfarrón)* ¡Juro que esa es la mayor mentira del mundo, y que el bellaco que la ha inventado se va a enterar, pues yo mismo le haré reconocer que es un grandísimo embustero!

MOLINA: ¿Entonces, lo de Granada no le pasó a vuesa merced?

MADRIGALEJO: *(Conteniendo la ira.)* Si que me pasó. Y en Burgo de Osma también. Así que suman dos. ¡No otras dos veces..., porque entonces ya serían tres! *(Airado.)* Y el que afirme que fueron más de dos, que venga aquí preparado con capa y espada. Veremos si se atreve a repetirlo delante de mí. ¡Ah, y el que diga que me dieron cien azotes, también miente!

MOLINA: ¿Cómo dice eso, señor, si muchos lo vimos con nuestros propios ojos...?

MADRIGALEJO: *(Retador.)*[15] ¿Acaso contaron vuesas mercedes exactamente los azotes que me dieron?

MOLINA: ¿Y para qué hacía falta contarlos?

MADRIGALEJO: Para saberlo con certeza, porque respóndame ahora mismo: veinticinco tandas de cuatro azotes cada una, ¿cuántos azotes son?

MOLINA: Cien.

MADRIGALEJO: ¡Maldita sea, pero cómo van a ser cien, si cada vez que yo me giraba o contraía el cuerpo, os juro que el verdugo no acertaba a darme! Conque, calcule vuesa merced si en cien no se pudieron escapar de la cuenta al menos... quince.

MOLINA: No hay duda. Seguro que fue así.

MADRIGALEJO: Por consiguiente, ¿cómo se puede decir que me dieron cien azotes cuando faltan cerca de veinte? Además, lo que alguien sufre sin su consentimiento no puede considerarse una deshonra. Y le pondré un ejemplo: ¿qué importa que a uno le llamen cornudo cuando la bellaquería la comete su mujer sin que él lo consienta?

MOLINA: Tenéis razón.

MADRIGALEJO: Así pues, ¿qué clase de deshonra voy a sufrir yo si me azotan, cuando lo hacen contra mi voluntad y por la fuerza...? *(Ve llegar gente que Molina no ve por tenerlos de espaldas.)* Pero, disculpe, señor, que para acá vienen el alguacil y más gente. Hágame el favor de guardarme un momento esta bolsa *(se la entrega)*; y os pido

---

15. *Retador:* que desafía.

una cosita más: que me avaléis[16] diciendo vuesa merced que ya me conoce.

MOLINA: Así lo haré, señor; no se preocupe.

ESCENA SEGUNDA

(Llegan junto a ellos el alguacil, un paje –víctima de un robo– y dos guardias.)

PAJE: *(Señalando a Madrigalejo y dirigiéndose al alguacil.)* Señor, ese que lleva el gorro con orejeras es el ladrón.

ALGUACIL: *(A Madrigalejo.)* ¿Qué estáis haciendo aquí, buen hombre?

MADRIGALEJO: Señor, estoy aquí con este señor, que es compañero mío y de mi tierra.

ALGUACIL: *(A Molina.)* ¿Es verdad que es compañero vuestro?

MOLINA: Sí, señor.

ALGUACIL: Luego, ambos sois ladrones.

MADRIGALEJO: Hace más de tres meses que no ejercemos.

ALGUACIL: Entonces, reconocéis que lo habéis sido...

MADRIGALEJO: Eso lo está diciendo vuesa merced.

ALGUACIL: ¿Y de dónde sois?

MADRIGALEJO: *(Aparte a Molina.)* Di que de Salamanca.

MOLINA: Somos de Salamanca, señor.

MADRIGALEJO: Somos hijos de vecinos de Salamanca.

---

16. *Avalar:* dar garantía de otra persona.

ALGUACIL: ¿Y a qué habéis venido aquí?

MADRIGALEJO: *(Aparte a Molina.)* Di que a conocer estas tierras.

MOLINA: A conocer estas tierras, señor.

MADRIGALEJO: Sí, sí, señor, a conocer estas tierras.

ALGUACIL: ¿Y de qué vivís?

MADRIGALEJO: Señor, tenemos el grado de oficial.

ALGUACIL: ¿De qué oficio?

MADRIGALEJO: *(Aparte a Molina.)* Di que sastres.

MOLINA: Somos sastres, señor.

MADRIGALEJO: Sí, señor, somos maestros de tijera.[17] *(Aparte, al público, mueve los dedos simulando unas tijeras.)*

ALGUACIL: ¡Jurad que lo sois!

MADRIGALEJO: ¡Jesús, señor, juro que es cierto!

ALGUACIL: ¿Y dónde está el libro de oraciones que habéis sacado a este mozo de la faltriquera?[18]

MADRIGALEJO: ¿Libro de oraciones yo? Regístreme vuesa merced. *(Con el movimiento, se le cae el gorro con orejeras que lleva puesto.)*

ALGUACIL: ¡Un momento! ¿Pero qué es esto? ¡Si no tenéis orejas...!

MADRIGALEJO: Ni falta que me hacen, señor.

ALGUACIL: ¿Y cómo ha sido eso?

MADRIGALEJO: Porque me las cortaron.

ALGUACIL: ¿Dónde os las cortaron?

---

17. *Maestro de tijera:* era legendaria la mala fama que la profesión de sastres tenía de ladrones, pues se decía que se quedaban con parte de la tela; y por la expresión de los dedos con figura de tijera.
18. *Faltriquera:* pequeña bolsa escondida bajo la ropa.

MADRIGALEJO: Señor, en la batalla de San Quintín.[19] Cuando estaba peleando, de una cuchillada, me cortaron las dos.

ALGUACIL: ¿Las dos de una sola cuchillada?

MADRIGALEJO: Sí, señor, y me hubiesen cortado cincuenta si las hubiera tenido, de tan violento como fue aquel combate.

ALGUACIL: (*Con gesto de sospecha.*) Os estáis burlando de mí...

MADRIGALEJO: No, señor, aquí traigo la prueba.

ALGUACIL: A ver, muestra lo que sea.

MADRIGALEJO: (*Le entrega un documento.*) Tome, señor (*Le da la espalda al alguacil y se dirige a Molina fingiendo un aparte, para que lo oiga el alguacil.*). Señor Molina, véngase conmigo a la iglesia de Santa María, para que allí hagamos el reparto de la bolsa que le soplamos a la frutera.

ALGUACIL: ¿Así que sois ladrón de bolsas? (*Dirigiéndose primero a un guardia.*) ¡Detenlo! (*Y después al segundo guardia para que registre a Molina.*) ¡Y a este otro! ¡Mira a ver qué lleva debajo de la capa!

PAJE: (*Se adelanta.*) Parece que es un rebujo[20] de ropa.

ALGUACIL: (*A Molina.*) ¡Enseña lo que llevas ahora mismo!

MOLINA: (*Mostrando el lío de ropa que le entregó Madrigalejo.*) Señor, os juro por mi alma que esto no es mío; que éste me ha pedido que se lo guarde.

ALGUACIL: ¿Que os ha pedido eso? Bueno, no es de extrañar, ya que sois compinches.

---

19. *San Quintín:* batalla en la que las tropas españolas de Felipe II vencieron a Francia en 1557 por el dominio de Nápoles.
20. *Rebujo:* envoltorio desordenado de cosas.

MOLINA: No, le juro por mi salud que éste no es mi compinche, y que hasta ahora no lo había visto en mi vida.

ALGUACIL: Entonces, ¿por qué dijisteis antes que era vuestro compañero?

MOLINA: Señor..., por echarle un capote.[21]

MADRIGALEJO: Señor, la verdad es que sí es mi compinche; es más, os aseguro que los mejores trucos que yo sé de mi oficio me los ha enseñado él.

ALGUACIL: No lo dudo... Y decidme, ¿Qué clase de trucos son esos...?

MADRIGALEJO: Pues robar con los dedos así... (*Hace el gesto de robar carteras moviendo dos dedos como si fueran unas tijeras.*) Trepar de noche por una pared, aunque no haya luz. Andar por los tejados, aprovechando que duerme el dueño de la casa, (*irónico*) y sacar de ella todo tipo de objetos sin orden judicial... Y otras cosillas por el estilo, que hacemos con las habilidades manuales propias de nuestro oficio. Por ejemplo, hacer con un pedacito de alambre una llave que sirva para cualquier cerradura.

ALGUACIL: (*A Molina.*) ¡Buena habilidad es esa!

MOLINA: (*Asustado.*) ¿Yo? (*A Madrigalejo.*) ¡Que el diablo te lleve, ladrón!

MADRIGALEJO: Y le diré otra cosa, señor. La primera vez que me castigaron en Antequera, él iba primero...

ALGUACIL: (*A los dos guardias.*) ¡Atadlos bien! (*Le quita a Molina el lío de ropa.*) Veamos ahora qué hay aquí dentro...

21. *Echar un capote:* interceder por alguien (frase hecha).

(*Extrae de la bolsa unas pequeñas herramientas.*) Conque ganzúas[22] tenemos...

MADRIGALEJO: Señor, éste las hace de maravilla.

MOLINA: (*Gritando.*) ¿Yo? ¡Justicia pido a Dios!

PAJE: (*Al ver otras cosas que va sacando el alguacil de la bolsa.*) ¡Señor alguacil, ése es mi libro de oraciones!

MADRIGALEJO: (*Enfadado.*) Si ése es tu libro de oraciones, ¿entonces, con qué rezo yo siempre, ladronzuelo?

ALGUACIL: ¡Rezador nos ha salido y todo! (*A los guardias.*) ¡Lleváoslos, que en la cárcel vais a aprender otro oficio!

MADRIGALEJO: ¿Qué oficio?

ALGUACIL: ¡A remar![23]

MOLINA: (*Con entereza.*) Sí, vamos, que allí podré hacer una declaración, de modo que se sepa la verdad.

MADRIGALEJO: La única verdad, señor Molina es que cuando le azoten a vuesa merced y esté tres o cuatro años al servicio de su Majestad en galeras, creerá tanto en la Justicia como en el Rey de Francia.[24] Y eso se lo digo yo, que entiendo de esto un rato.

ALGUACIL: ¡Andando! ¡Tirad adelante, y vasta de palabras! ¡Serán bellacos embusteros!

FIN

22. *Ganzúa:* gancho hecho de alambre que sirve para abrir las cerraduras sin usar llaves.
23. *¡A remar!:* se refiere a la condena de remar en galeras (embarcación de vela y remo).
24. Madrigalejo sabe, por experiencia propia, que una acusación falsa puede suponer caer irremediablemente en las redes de un sistema judicial injusto. Esto hace más reprochable su comportamiento con Molina.

EL RUFIÁN COBARDE

PASO EN TRES ESCENAS

PERSONAJES: Sigüenza (alcahuete y ladrón)
                Sebastiana (meretriz)
                Estepa (alcahuete y ladrón)

ESCENA PRIMERA

(Sigüenza llega acompañado de Sebastiana, y la invita a entrar en la casa.)

Sigüenza: *(Abriendo la puerta.)* Pasa, pasa, Sebastiana, y cuéntame con todo detalle, sin quitar ni poner tilde, lo que te ha pasado con esa pendona libertina,[1] la amiga de Estepa, que el muy traidor es mi mayor enemigo. Le voy a dar tal paliza, que no habrá nadie, nacido o por nacer, que no recuerde la venganza tan fiera que por ti voy a ejecutar.

Sebastiana: *(Llorando, permanece ante la puerta de la casa.)* ¡Que no, que no es para tanto...! Sólo pasó que nos pusimos a discutir sobre cuál de las dos llenaría primero el cántaro en la fuente. Primero nos dijimos unas palabras, pero enseguida llegamos a las manos, y fue entonces cuando ella me rompió la pañoleta...

Sigüenza: *(Furioso.)* ¡Oh, maldita sea! ¿Por qué no estaría yo allí?

---

1. *Pendona libertina:* mujer de vida indecorosa (coloquial).

SEBASTIANA: ...Y me llamó farsante, golfa, y dijo que la suela de su alpargata valía más que mi familia y todo mi linaje.

SIGÜENZA: (Apostillando.)[2] ¡Como si yo no supiese que su madre fue una segunda Celestina!

SEBASTIANA: Y cuando la amenacé diciendo que te lo diría a ti, me contestó: «¡Que se vaya al diablo ese ladrón desorejado...!».[3]

SIGÜENZA: (Colérico.) ¿Qué se atrevió a decirte eso? ¡Oh, Dios, por qué no se hunde la tierra!

SEBASTIANA: ...Y siguió diciendo que si no te hubieses escapado de la cárcel, como te escapaste, te habrían condenado a remar en galeras por segunda vez; y que hoy tendrías ya el grado de escribano, sólo que, en lugar de tener una plumita entre los dedos, ahora llevarías entre las manos un remo de veinticinco palmos!

SIGÜENZA: ¡Anda que no sabe tirar de metáforas la muy holgazana!

SEBASTIANA: Y otras veinte bellaquerías que, por no enfadarte más, no te voy a decir, amigo Sigüenza.

SIGÜENZA: Ya, ya, no me digas más. «¡Conque ladrón desorejado...!» ¿Y quién le ha dado alas a esa piojosa para insultarme así? ¡Déjame solo con ella y verá lo que es bueno...! ¡Dios mío, qué pensaría quien supiese que un hombre como yo, que ha participado en la conquista de Italia, es tratado como una gallina!

---

2. *Apostillar:* añadir un comentario.
3. *Desorejado:* que la justicia había mandado amputarle las orejas por ladrón.

SEBASTIANA: La muy sucia se atreve a decir que no tienes orejas porque te ve siempre con ese gorro de orejeras, y no se te abultan los lados... Y que te las cortaron por ladrón.

SIGÜENZA: ¡Ah, pícara! ¿Por ladrón? ¿Y no sabe Dios y todo el mundo que ningún hombre ha ganado más honra que yo quedándose sin orejas?

SEBASTIANA: Yo te creo... Pero, dime, Sigüenza, ¿Cómo es que te las cortaron?

SIGÜENZA: *(Evocando un supuesto pasado glorioso.)* Verás: allá por el nueve de abril de mil quinientos cuarenta y seis ocurrió lo que, sin duda, estará ya grabado con letras de oro en el Ayuntamiento de Mallorca. Y fue que llamé mentiroso a un coronel natural de Ibiza, y como él no se atrevió a vengar la injuria personalmente, envió a siete soldados suyos para sacarme de la ciudad y acabar conmigo en uno de aquellos solitarios campos. Sus nombres aún los recuerdo. *(Simula hacer memoria.)* Se llamaban... Campos, Pineda, Osorio, Campuzano, Trillo el Cojo, Perotete el Zurdo y Janote el desgarrado.[4] A cinco de ellos los maté y a dos los tomé presos.

SEBASTIANA: ¡Válgame Dios, qué gran hazaña! Pero... las orejas, señor, ¿cómo las perdiste?

SIGÜENZA: A eso voy. Fue que, cuando me vi rodeado por los siete, y para evitar que, al luchar cuerpo a cuerpo, me inmovilizaran agarrándome por las orejas, decidí usar

---

4. Es evidente la asociación de ideas que, mediante dos campos léxicos, le ha permitido a Sigüenza improvisar los nombres con que aderezar su historia: campo – pino – oso – campo / cojo – zurdo – desgarrado.

una estrategia de guerra y yo mismo me las arranqué de cuajo. Entonces, se las arrojé con todas mis fuerzas al que en ese momento peleaba conmigo y, del golpe que recibió, le partí once dientes y le dejé el cuello medio roto, tanto que a los catorce días murió, sin que hubiese médico que pudiera salvarlo.

SEBASTIANA: ¡Válgame Dios, qué golpe tan cruel! Me pregunto qué hubiera pasado si, en lugar de haberle arrojado las orejas, le hubieses dado con una piedra o algo parecido... Pero, dime,[5] ¿y cómo es que esa piojosa de la que estamos hablando dice que ya has estado no sé cuánto tiempo en galeras por ladrón?

(Estepa asoma la cabeza y escucha la conversación.)

SIGÜENZA: ¿Ladrón yo? ¡Pero si yo mismo la he visto tres veces cómo la iban azotando por toda la feria de Medina del Campo! Y delante de ella, ¿sabes quién iba con la espalda sangrando de latigazos? ¡Pues su amigo Estepa o, mejor dicho, el rufián de Estepa! ¡Ah, Estepilla, Estepilla! ¿Por qué no llegarán a tus orejas estas palabras mías, que te obligarían a salir en defensa de esa andrajosa,[6] y así podría yo vengar mi enfurecido corazón?

SEBASTIANA: *(Insistiendo.)* ¿Pero entonces es verdad que estuviste en galeras?

SIGÜENZA: Sí, es verdad que estuve en la galera Bastarda, contra mi voluntad no sé cuántos años. Pero, piensa en

---

5. La hipérbole es tan extrema que refuerza el escepticismo de Sebastiana, quien seguirá interesándose por los detalles de la deshonrosa vida de Sigüenza.
6. *Andrajosa:* mujer que viste ropa vieja, rota y sucia.

la diferencia que hay entre ser un ladrón, cosa que yo no soy, y ser un vividor.

SEBASTIANA: ¿Y a qué llamas ser un vividor, señor Sigüenza?

SIGÜENZA: ¿No te parece que es una forma estupenda de vivir que un hombre salga a la plaza de la ciudad por la mañana, y antes del mediodía se vuelva a su casa con la bolsa llena de dinero, sin ser mercader ni tener oficio?

SEBASTIANA: Sí que parece algo bueno.

SIGÜENZA: ¡Ahí has dado! ¿Entonces, por qué afrentan[7] a un hombre honrado como yo, y lo someten a semejantes injusticias, cuando yo ejerzo mi oficio tan limpiamente como el que más, por no decir mucho mejor?

SEBASTIANA: ¿Cómo que limpiamente?

SIGÜENZA: ¿No te parece bastante limpieza y habilidad manual *(con gesto de sisar)* traer cuatro o cinco bolsas y faltriqueras de cuero a casa, sin necesidad de comprarlas y, una vez en mi poder, vaciarles tranquilamente las tripas?[8]

SEBASTIANA: *(Repentinamente nerviosa al verlo aparecer.)* ¡Oye, que por ahí viene Estepa!

SIGÜENZA: *(Muy nervioso.)* Por lo que más quieras, ten, guárdame la espada.

SEBASTIANA: ¿Para qué?

SIGÜENZA: *(Acobardado.)* Tú guárdala y calla, que ésta es una nueva forma que tengo yo de pelearme.

---

7. *Afrentar:* ofender, humillar.
8. *Vaciar las tripas:* robar su contenido (frase hecha).

ESCENA SEGUNDA

ESTEPA: *(Acercándose.)* ¡Eh, Sigüencilla! ¿Te parece bien ir presumiendo por ahí de que no hay nadie que te gane en honra, mientras hablas mal de todos los demás?

SIGÜENZA: ¿Yo, señor Estepa? ¿De qué he presumido?

ESTEPA: Agradece que estás sin espada, que si no...

SEBASTIANA: *(Aparte, ofreciéndosela.)* ¡Tómala, Sigüenza!

SIGÜENZA: ¡Quítamela de delante, so diablo, que ya la cogeré yo cuando me haga falta! *(Fin del aparte.)*

ESTEPA: Di, bellaco, ¿no te parece que esa mujerzuela tuya no le llega a la mía ni a la suela del zapato?

SIGÜENZA: Espere un momento, señor, que voy a comprobar eso que dice. *(A Sebastiana.)* ¿Es verdad lo que dice el señor Estepa, Sebastiana?

SEBASTIANA: *(Burlona.)* ¿Cómo va a ser verdad, si en mi vida la he visto usar zapatos, sino sólo alpargatas?

ESTEPA: ¡No te hagas la graciosa, más que bruta, so piltrafa! ¡Y vos, pedazo de ladrón, coged vuestra espada!

SIGÜENZA: Que no es mía, señor, que un amigo mío me la ha dejado con la condición de que no la utilice para pelear...

ESTEPA: Pues entonces, como cobarde que sois, desdecíos de lo que habéis dicho delante de vuestra amiga.

SIGÜENZA: *(Más asustado.)* ¿Desdecirme de qué, señor?

ESTEPA: De que me han azotado en Medina del Campo, cuando tú sabes que ésa es la mentira más grande del mundo.

SIGÜENZA: (*Creyéndose salvado.*) ¿Sólo tengo que desdecirme? Poco me pedís. (*Aparte, a Sebastiana.*) ¿Dónde está la espada?

SEBASTIANA: Aquí la tienes.

SIGÜENZA: Quítala de ahí, que no la vea éste, que lo mejor va a ser que me desdiga. (*Fin del aparte.*)

ESTEPA: ¡Acaba ya, y di que es mentira lo que has dicho de mí, so ladrón azotado!

SIGÜENZA: (*Reaccionando.*) ¿Yo ladrón azotado...? ¡Venga ya! Lo siento, pero ahora no pienso desdecirme de lo que he dicho.[9]

ESTEPA: (*Echando mano de la espada.*) ¿No...? ¡Ahora verás!

SIGÜENZA: (*De nuevo muy asustado.*) ¡Espere, espere, señor, que me voy a desdecir! Pero tiene que ser con la condición de que yo conserve toda mi honra y buen nombre, si a vuesa merced no le importa.

ESTEPA: ¿Y eso cómo diablos se hace? Explícate.

SIGÜENZA: Pues se lo voy a decir: yo reconoceré que os dije eso comportándome como un grandísimo embustero, pero que estaba borracho y fuera de mis cabales. Y no hay más que decir.

ESTEPA: (*Amenazador.*) Sí que hay algo más...

SIGÜENZA: Lo que vuesa merced me mande.

ESTEPA: Que me regales tu espada.

---

9. El que alguien afirme que ha sido azotado por ladrón es algo que Sigüenza no puede admitir, por tratarse de una gran deshonra. A punto está en ese momento de echar por tierra su inveterada cobardía.

Sigüenza: ¿Cómo voy a regalar lo que no es mío, señor?

Estepa: (*Autoritario.*) ¡He dicho que me la tienes que regalar!

Sigüenza: Dásela, Sebastiana, por amor de Dios.

Estepa: ¡Espera, todavía hay algo más...! Tienes que recibir, de mano de tu amiga, tres buenos puñetazos en las narices.

Sigüenza: ¡Señor, por amor de Dios! Si puede ser, que no sean puñetazos, sino puñetacillos...

Estepa: ¡Vamos, arrodíllate, para que así los recibas con más devoción!

Sigüenza: (*Se arrodilla.*) Ya estoy arrodillado, señor. Haced de mí según lo que vos queráis...

Estepa: Ea, señora, ¿a qué estáis esperando? ¡Dadle fuerte!

Sigüenza: (*Implorando, a Sebastiana.*) ¡Oh! ¿No te pesa hacerle esto a la persona con quien compartes tu cama?

Estepa: ¡Mantén tiesa la cabeza!

Sigüenza: ¡Señora Sebastiana, ten misericordia de mí! (*Viendo que ella coge fuerzas con el puño.*) ¡Flojito, no tan fuerte!

(*Sebastiana le descarga tres fuertes puñetazos y Estepa cae al suelo.*)

Estepa: (*Satisfecho.*) Bien está. Ahí se queda ese don nadie. (*Autoritario a Sebastiana.*) Y vos veníos conmigo.

(*Salen.*)

ESCENA TERCERA

Sigüenza: *(En el suelo, llorando.)* ¡Y encima se lleva a mi moza! ¡Ah, Sigüenza, Sigüenza! Mejor hubiera sido no acobardarte y luchar cuerpo a cuerpo con ese Estepilla, que no así, deshonrado, sin mujer y lleno de puñetazos. ¡Ay, mis narices, cómo me duelen! Estoy pensando en ponerlas en el culo de un perro para que se me ablanden... *(Levantándose.)* ¡Venga, arriba, Sigüenza, a ver si puedes recuperar a tu Sebastiana! *(Sale.)*

FIN

LA GENEROSA PALIZA

PASO EN CUATRO ESCENAS

PERSONAJES: DALAGÓN (amo)
                PANCORBO (simple)
                PERIQUILLO (paje)
                FRANCESILLO (criado francés)
                GUILLEMILLO (paje)

ESCENA PRIMERA

(En casa de Dalagón el amo está golpeando a Pancorbo.)

DALAGÓN: ¡Reconoce que es verdad, bellaco embustero!
PANCORBO: Sí, señor, reconozco lo que vuesa merced quiera. ¡Pero déjeme ya, por favor!
DALAGÓN: *(Se detiene.)* Responde de una vez, ¿es verdad?
PANCORBO: ¿Pero qué es lo que tiene que ser verdad, señor?
DALAGÓN: ¿Qué tiene que ser verdad, dices? ¿Qué va a ser? Que te has comido la tableta de turrón de Alicante que estaba encima del escritorio.
PANCORBO: Que no...
DALAGÓN: *(Nuevamente, con gesto amenazante.)* O sea, que yo miento...
PANCORBO: Yo no digo que vuesa merced miente, sino que eso no es verdad.
DALAGÓN: ¿Que no? ¡Espera y verás! *(Lo agarra de nuevo.)*
PANCORBO: ¡Ay, ay, de acuerdo, señor! Suélteme, que yo le diré quién se lo ha comido.[1]

---

1. Percíbase la crítica encubierta a los modos con que la justicia de la época recababa información de los presos, que terminaban por confesar o inculpar a otras personas.

DALAGÓN: ¡Vamos, dime quién! ¡Acabemos de una maldita vez!

PANCORBO: (*Disimulando.*) Vuesa merced tiene que saber que yo no, no..., que yo..., que el..., ¿cómo se llama? El... ¿cómo se dice? (*Bajando la voz.*) Sepárese un poco de la puerta, no nos vaya a oír alguien. (*Se alejan algo de la puerta.*) Que Periquillo se lo ha comido.

DALAGÓN: Piensa bien lo que dices...

PANCORBO: Estoy seguro. Que yo sé que él es un gran comedor de turrones. Perdónelo, señor, que ya lo dice el refrán: «Comer con apetito, ni hace daño ni es delito».

DALAGÓN: (*Llamando.*) ¡Periquillo!

PERIQUILLO: (*Desde fuera.*) ¿Quién llama?

PANCORBO: (*A gritos.*) ¡Ven aquí, Periquillo, que el señor te quiere decir un secretillo!

ESCENA SEGUNDA

(*Entra Periquillo.*)

PERIQUILLO: ¿Qué manda, señor?

DALAGÓN: ¿Qué mando? (*Lo golpea.*) ¡Toma y toma, bellaco goloso!

PERIQUILLO: ¡Pero..., señor! ¿Por qué me da?

PANCORBO: Hasta que te enteres, ya te vas llevando por adelantado la paliza.

PERIQUILLO: ¡Válgame Dios, señor! ¿No puedo saber por qué me pega?

DALAGÓN: Porque te has comido...

PANCORBO: (*Interrumpiendo.*) ¡Eso, eso! Porque te engulliste...

DALAGÓN: ¡Calla tú! (*A Periquillo.*) Porque te comiste la tableta de turrón que estaba encima del escritorio.

PERIQUILLO: (*Con sorpresa.*) ¿Yo...? ¿Quién lo dice?

DALAGÓN: (*Señalando a Pancorbo.*) Éste.

PERIQUILLO: (*A Pancorbo.*) ¿Tú lo dices?

PANCORBO: (*Arrepintiéndose.*) Sí, yo lo he dicho, pero en realidad..., yo no creo que haya sido Periquillo, señor, porque él es un mozo honrado como el que más. (*Carraspea.*) En fin, me he equivocado, y por decir Francesillo he dicho Periquillo...

PERIQUILLO: (*Resentido.*)[2] Estaba claro que tu error tenía que caer sobre mis espaldas.

PANCORBO: (*Aparte.*) Calla, hermano, y ten paciencia, que tal vez algún día tenga que pagar yo tus culpas.

DALAGÓN: Vamos, anda, llama al Francesillo.

PANCORBO: (*En voz alta.*) ¡Francesillo!

MOZO FRANCÉS: (*Desde fuera.*) ¿Qué quegéis, monsieur? Aguagdad un poco, sil vous plaise.[3]

PANCORBO: Creo que se los está comiendo ahora mismo. Llámelo vuesa merced.

DALAGÓN: (*Muy enfadado.*) ¡Francesillo!

---

2. *Resentido:* enojado por haber sido víctima de alguien.
3. Para esta adaptación el dialecto gascón del personaje se ha sustituido por un español macarrónico que imita algunos sonidos franceses, especialmente mediante la sustitución de /r/ por /g/.

ESCENA TERCERA

(*Entra Francesillo.*)

MOZO FRANCÉS: ¿Qué mandas, monsieur?, ¡Dios os dé salud!
(*El amo comienza a golpearlo repetidamente.*) ¡Clavos de
Diu! ¿Qué es esto, monsieur? ¿Qué os ocuge? ¿Por qué os
enojáis contga mí?

PANCORBO: ¡Déle, señor, déle! ¡No pare, adelante! (*Contando
los golpes.*) Una primera, otra por mí..., dele, que se lo
merece.

MOZO FRANCÉS: (*Consigue liberarse.*)¿No me vas a decig,
monsieur, pog qué me has sacudido en las costillas?

DALAGÓN: Porque te has comido el turrón de Alicante.

MOZO FRANCÉS: ¡Jesús, Jesús! ¡Santa Bágbaga! ¿Yo tugones?

DALAGÓN: Sí, tú, los turrones que estaban sobre el escritorio.

MOZO FRANCÉS: ¿Y quién lo ha dicho, monsieur?

PANCORBO: Yo, que soy quién lo ha visto...

MOZO FRANCÉS: ¡Pog Dios Santo que mentís con toda vues-
tga boca! ¡Yo no le he manyado[4] al señog los tugones del
escgitogio! ¿Acaso vos me habéis visto haceglo?

PANCORBO: (*Pensativo.*) ...Bueno..., pensándolo bien, yo creo
que no es él, porque hasta lo ha jurado... Perdona, Francesillo.

MOZO FRANCÉS: ¿Ahoga me decís «pegdona», so guasón,
caga de pan?

---

4. *Manyado:* comido (calco francés).

PANCORBO: ¿Y por eso te enfadas? Deberías estar contento.

MOZO FRANCÉS: ¿Y pog qué debo estag contento?

PANCORBO: Porque ya llevas por adelantado el castigo para cuando le hagas alguna trastada al señor.

MOZO FRANCÉS: ¡Paga tú el adelanto, caga de gábano!

DALAGÓN: ¡Acabemos ya con esto! Ya que tú dices que ninguno de estos dos se lo ha comido, tenemos que averiguar quién ha sido. (*Agarrando y zarandeando a Pancorbo.*) ¡Que ahora mismo aparezca esa tableta de turrón, porque si no, te la sacaré de las costillas!

PANCORBO: ¡No me ponga nervioso vuesa merced, que yo le explicaré ahora mismo y punto por punto qué ha pasado! Aunque, espere... que algo me está diciendo mi conciencia. ¡A ver..., ven aquí un momento, Francesillo!

MOZO FRANCÉS: (*Se acerca.*) ¿Paga qué me llamas?

PANCORBO: ¿Te parece a ti que se los ha podido comer Guillemillo?

MOZO FRANCÉS: ¿Guillemillo? ¿El que vino anoche a quitagme la butifaga?

PANCORBO: Ese mismo.

MOZO FRANCÉS: (*Vengativo.*) ¡Es verdag, ése ha comido el tugón!

PANCORBO: Ya está viendo vuesa merced cómo el Francesillo dice que se lo ha visto comer a Guillemillo.

MOZO FRANCÉS: ¡Sí, Guillemillo!

DALAGÓN: Llámalo, anda, a ver si podemos aclarar este asunto del turrón.

PANCORBO: ¡Guillemillo!

MOZO FRANCÉS: ¡Guillemillo!

ESCENA CUARTA

GUILLEMILLO: (*Desde fuera.*) ¿Qué voces son ésas?

DALAGÓN: ¿Vas a venir o no?

(*Entra Guillemillo.*)

GUILLEMILLO: Ya voy. ¿Qué quiere, señor?

DALAGÓN: (*Lo golpea.*) Esto es lo que quiero. ¡Toma, toma, pícaro!

GUILLEMILLO: ¡Ay, ay, señor, por amor de Dios!

PANCORBO: ¡Déle, señor, no pare, que lo está pidiendo por amor de Dios!

MOZO FRANCÉS: ¡Pegadle más, monsieur! (*A Guillemillo.*) Ahoga pagagás de un golpe la butifaga y el tugón que te has manyado.

(*Dalagón deja ya de golpearlo.*)

GUILLEMILLO: ¡Oh, pecador de mí, señor! ¿Por qué me habéis pegado?

DALAGÓN: ¿Tendrás cara de preguntar por qué, sinvergüenza?

PANCORBO: ¿No te da vergüenza preguntar eso, so cara...?[5] Bien lo sabes tú.

MOZO FRANCÉS: ¡Calla ya, caga de nutgia, que el señog te lo digá!

DALAGÓN: Porque soy tu amo, y debería poderte confiar cualquier cosa de comer.

GUILLEMILLO: ¿Qué cosa?

DALAGÓN: ¿Qué cosa? Dime, desvergonzado, ¿dónde está el turrón que estaba sobre el escritorio? ¿Qué has hecho con él?

---

5. Pancorbo hace un juego de palabras partiendo de la alocución anterior.

GUILLEMILLO: ¿El turrón, señor? ¡Pero si vuesa merced me pidió que se lo diese, y lo guardó vuesa merced con su propia mano y bajo llave dentro del escritorio!

DALAGÓN: (*Cayendo en la cuenta.*) ¡Por mi vida, que es verdad...! ¿Os habéis fijado qué gran despiste que he tenido?

GUILLEMILLO: (*Ofendido.*)¿Y os parece bien haberme pegado sin haber tenido yo la culpa?

PANCORBO: ¿Y a mí haberme molido las espaldas, descargándome tantos golpes como el batán[6] de un molino machacando las pieles más rudas[7]?

PERIQUILLO: ¡Y a mí lo mismo!

MOZO FRANCÉS: ¿Y qué decís, monsieur, de lo que nos has hecho sufgig?

DALAGÓN: ¿Qué me parece...? Que para que no os quejéis de mí, vamos a partir el turrón en cuatro partes, y en pago de la paliza que os he dado, cada uno se llevará un pedazo.

PANCORBO: ¡No tan rápido, señor! Tendréis que esperar un poco, porque vamos a pensar vuestra propuesta. ¡Muchachos, a consulta! (*Dalagón se aleja un poco.*) A ver, tú, Perico, ¿quieres turrones?

PERIQUILLO: Yo no quiero ni verlos.

PANCORBO: ¿Y tú, Guillemillo?

GUILLEMILLO: Yo no quiero ni probarlos.

PANCORBO: ¿Y tú, Francesillo?

MOZO FRANCÉS: ¿Yo? Los colgagía de una cuegda.

PANCORBO: ¿Y queréis que nos desquitemos[8] todos de la paliza?

---

6. *Batán:* cada mazo movido por un molino de agua con que se ablandan las pieles de animales.
7. *Rudas:* ásperas.
8. *Desquitarse:* vengarse.

TODOS: ¡Sí!

PANCORBO: (*A Periquillo.*) ¿Estás seguro de que no quieres la parte del turrón que te ofrece?

PERIQUILLO: ¡No la quiero!

PANCORBO: Entonces, esperad. (*A Dalagón.*) Amo, escúcheme, si me da su permiso.

DALAGÓN: ¿Qué quieres?

PANCORBO: Ya puede acercarse a nosotros, que hemos llegado a un acuerdo.

DALAGÓN: (*Acercándose.*) ¿Y es...?

MOZO FRANCÉS: Sí, monsieur, ya tenemos un acuegdo. (*Lo golpea.*) ¡Aleluya, aleluyón! ¡Toma, mányate ahoga el tugón!

DALAGÓN: (*Intentando huir.*) ¡Tranquilos! ¡Eh! ¡Dejadme pasar!

PANCORBO: ¿Queréis pasar? (*Lo golpea de lleno en la cabeza.*) ¡Ahora que os tengo a mano, bien que os sacudo, barrigudo!

GUILLEMILLO: (*Lo golpea en un brazo.*) ¡No os escapéis, que ahora soy yo quien os zurro, cazurro!

PERIQUILLO: (*Rozándolo apenas con la mano mientras el amo huye.*) ¡Como os alcance, ya veréis si os atizo, olvidadizo![9]

(*El amo huye y los criados quedan riendo.*)

FIN

9. Para intensificar el efecto cómico, se ha generalizado la serie rimada que inicia el francesillo en el texto original.

ESTUDIO DE LA OBRA

1. FICHA DE LECTURA

1.1. TÍTULO DE LA COLECCIÓN

Los diez pasos de Lope de Rueda que se han adaptado en esta edición fueron publicados por su amigo y editor Juan de Timoneda tras la muerte del autor. Aparecieron agrupados en dos volúmenes:

- *El Deleitoso*, colección que incluye los siete primeros pasos, sin títulos. En el siglo XVIII se editarán con los títulos por los que hoy los conocemos.
- *Registro de representantes*, colección en la que se incluyen tres pasos más de Lope de Rueda, igualmente sin títulos, y otros tres anónimos.

1.2. TÍTULOS DE LOS PASOS

El Deleitoso	*Los criados, La carátula* (en esta edición, *La máscara*), *Cornudo y contento, El convidado, La tierra de Jauja, Pagar y no pagar, Las aceitunas*
Registro de representantes	*Los ladrones lacayos, El rufián cobarde, La generosa paliza*

1.3. AUTOR

Lope de Rueda (1510, aproximadamente-1565). (Véase biografía en el cuaderno documental, pág. 161).

1.4. FECHA DE ELABORACIÓN

El Deleitoso (1567) y *Registro de representantes* (1570).

1.5. MOVIMIENTO LITERARIO AL QUE PERTENECE EL AUTOR

Renacimiento español

Lope de Rueda forma parte del grupo de escritores que reflejan la realidad de su tiempo de forma realista, sin idealizarla. El suyo no es un renacimiento clasicista que busca la perfección y la belleza, sino un renacimiento que refleja una sociedad urbana en crisis como lo fue la española del siglo XVI. En una línea semejante a la del anónimo autor del *Lazarillo de Tormes*, no nos habla de lugares paradisíacos, damas o sentimientos idealizados, sino que nos muestra, con un humor desternillante y el lenguaje del pueblo, la crueldad con los débiles, la pobreza, las falsas apariencias y, en general, la estupidez humana.

1.6. OTRAS OBRAS DEL AUTOR

En un primer volumen de 1567, Timoneda publicó cuatro comedias en prosa (*Eufemia, Armelina, Los engañados, Medora*); dos coloquios pastoriles en prosa (*Camila y Tymbria*); y un coloquio pastoril en verso (*Gila*). Incluidos en estas obras hay catorce pasos.

2. TEMA

En todos los pasos hay un tema común: el **engaño** de que podemos ser víctimas por no emplear adecuadamente la razón, dejándonos llevar por la excesiva confianza en los demás, el deseo de aparentar, la verborrea embaucadora de fanfarrones y ladrones, las vanas ilusiones, la codicia, la pereza, la glotonería, la ceguera del amor, etc.

Este engaño puede adoptar diferentes formas: **pequeños hurtos domésticos, robos en toda regla, infidelidad matrimonial, falsas acusaciones que llevan a la víctima a la cárcel, etc.**

El tema del engaño en una sociedad en crisis

Inseguridad en la calle y pobreza

Lope de Rueda es un escritor que no pertenecía a estamentos religiosos, militares o aristocráticos. Por el contrario, era un artesano y un hombre de ciudad, y como tal conocía a la perfección cómo era la vida a pie de calle en una urbe tan populosa y compleja como era la Sevilla de mediados del siglo XVI, una vida marcada por la crisis económica, la carestía de precios, la pobreza, la mendicidad, los prejuicios sociales contra el trabajo manual, la inmigración abocada al servicio doméstico o la inseguridad en las calles. En *Pagar y no pagar,* por ejemplo, un ingenuo criado es asaltado por un ladrón que le roba el dinero que su empobrecido amo le ha entregado para pagar un alquiler atrasado de varios meses. La inseguridad en la calle era tal que se podía robar un libro de oraciones, una olla de comida o una canasta de ropa, tal como lo describe Rueda en sus *Pasos.*

Ladrones, criados y gentes venidas a menos

El autor de los *Pasos* se centra en tres grupos sociales muy característicos de las ciudades y las villas de su época: ladrones, criados y un sector de la población empobrecido que vivía en sus carnes los efectos de la crisis económica, como médicos sin pacientes, licenciados con los bolsillos vacíos, amos de medio pelo e hidalgos sin rentas; en resumidas cuentas: **1** los bajos fondos de la sociedad, **2** la servidumbre doméstica y **3** gentes cultas o de la baja nobleza que vivían al día precariamente, y a las que, para no caer en el desprestigio social, les estaba socialmente prohibido ejercer un trabajo manual para salir de apuros.

Engaños a la orden del día

Los *Pasos* nos reflejan la vida cotidiana de unos personajes cuyo objetivo primordial era sobrevivir en medio de una difícil situación económica, y en la que se había impuesto el engaño como *modus vivendi.* En los *Pasos*, todos engañan a todos: los criados a los amos, los amos a los criados, unos criados a otros, las mujeres a sus esposos, los médicos a sus pacientes, los bachilleres a los licenciados, los proxenetas a las prostitutas, los ladrones a los transeúntes, y el colmo de la estupidez: uno a sí mismo.

2.1. FORMAS DE ENGAÑO

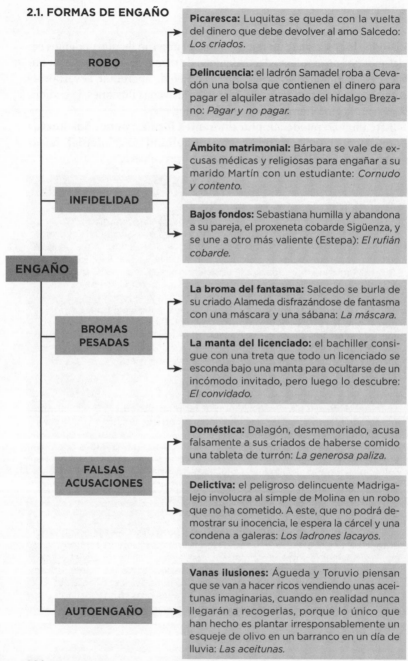

ENGAÑO

ROBO

Picaresca: Luquitas se queda con la vuelta del dinero que debe devolver al amo Salcedo: *Los criados*.

Delincuencia: el ladrón Samadel roba a Cevadón una bolsa que contienen el dinero para pagar el alquiler atrasado del hidalgo Brezano: *Pagar y no pagar*.

INFIDELIDAD

Ámbito matrimonial: Bárbara se vale de excusas médicas y religiosas para engañar a su marido Martín con un estudiante: *Cornudo y contento*.

Bajos fondos: Sebastiana humilla y abandona a su pareja, el proxeneta cobarde Sigüenza, y se une a otro más valiente (Estepa): *El rufián cobarde*.

BROMAS PESADAS

La broma del fantasma: Salcedo se burla de su criado Alameda disfrazándose de fantasma con una máscara y una sábana: *La máscara*.

La manta del licenciado: el bachiller consigue con una treta que todo un licenciado se esconda bajo una manta para ocultarse de un incómodo invitado, pero luego lo descubre: *El convidado*.

FALSAS ACUSACIONES

Doméstica: Dalagón, desmemoriado, acusa falsamente a sus criados de haberse comido una tableta de turrón: *La generosa paliza*.

Delictiva: el peligroso delincuente Madrigalejo involucra al simple de Molina en un robo que no ha cometido. A este, que no podrá demostrar su inocencia, le espera la cárcel y una condena a galeras: *Los ladrones lacayos*.

AUTOENGAÑO

Vanas ilusiones: Águeda y Toruvio piensan que se van a hacer ricos vendiendo unas aceitunas imaginarias, cuando en realidad nunca llegarán a recogerlas, porque lo único que han hecho es plantar irresponsablemente un esqueje de olivo en un barranco en un día de lluvia: *Las aceitunas*.

3. SUBTEMAS

1. El hambre y la comida	• *La tierra de Jauja:* dos ladronzuelos roban una cazuela de comida. • *Los criados:* unos sirvientes roban a su amo para comer pasteles. • *El convidado:* un antiguo conocido inventa una treta para comer de gorra en casa de un licenciado. • *La generosa paliza:* unos criados son acusados de haberse comido una tableta de turrón.
2. Falta de dinero y codicia	• *Pagar y no pagar:* un hidalgo pobre debe tres mensualidades del alquiler de su casa. • *Cornudo y contento:* un médico con pocos ingresos y sin escrúpulos receta a una enferma imaginaria porque no tiene pacientes. • *La máscara:* un iluso cree que se hará rico con una simple máscara que se ha encontrado abandonada.
3. La honra	• *El convidado:* el licenciado teme que si el convidado se entera de que no tiene dinero para invitarlo, este lo desprestigiará públicamente en su pueblo. • *El rufián cobarde:* Estepa, proxeneta y matón, humilla a otro de su calaña llamado Sigüenza por haberlo difamado públicamente.
4. La justicia	• *La tierra de Jauja:* la mujer de Mendrugo está en la cárcel tras haber sido juzgada por la Inquisición, y a la espera de un castigo público humillante. • *Los lacayos ladrones:* Molina es detenido injustamente por una falsa acusación, y ya no podrá evitar una condena a galeras.
5. Misoginia (visión negativa de la mujer)	• *Cornudo y contento:* Bárbara es infiel a su marido. • *Las aceitunas:* Águeda pretende vender las aceitunas inexistentes a un precio más alto que el precio justo. • *El rufián cobarde:* Sebastiana abandona a su proxeneta por otro más valiente tras humillarlo.

4. DEFINICIÓN DE *PASO* Y SUS DENOMINACIONES

4.1. GÉNERO LITERARIO

Los *pasos* son breves obras de teatro de carácter cómico. Están compuestos de un solo acto protagonizado por unos personajes populares caracterizados como simples o bobos.

4.2. OTRAS DENOMINACIONES

Reciben también el nombre de *entremeses* y se desarrollaron a lo largo de los siglos XVI y XVII. A partir del siglo XVIII, estas piezas cómicas se conocerán con el nombre de *sainetes*.

5. ELEMENTOS TEATRALES

5.1. ACCIÓN

La acción de los pasos es muy simple: está constituida por un **enredo** o **engaño** que da lugar a situaciones ridículas o grotescas, en las que no faltan las persecuciones y los palos.

5.2. TENSIÓN DRAMÁTICA

El conflicto dramático que mantiene la tensión del diálogo entre los personajes se produce o se resuelve por medio de un engaño. Contribuye a mantener esta tensión el contrapunto psicológico entre un personaje bobo y otro más listo.

5.3. PERSONAJES

El número de personajes que interviene en un paso es muy reducido y pertenecen fundamentalmente a las clases populares (criados, prostitutas, ladrones, jornaleros, ex soldados...). Dichos personajes están al servicio o se relacionan con labriegos, hidalgos, médicos o licenciados que, en la mayoría de las ocasiones, viven con muchos apuros económicos. Son personajes tipo y planos que reflejan el paisaje social de villas y ciudades. No hay caracterización directa de los personajes debido a la escasez de acotaciones. La caracterización se establece a partir de la acción y el diálogo (información que se ha utilizado en esta adaptación de los *Pasos* para explicitar en acotaciones algunos rasgos psicológicos de los personajes).

5.4. TIEMPO ESCÉNICO

La trama se desarrolla en un tiempo escénico muy breve (quince o veinte minutos), a veces con pequeños flash back (*Los criados*) o narraciones de aventuras, pasadas o imaginadas, llenas de disparates que cuentan personajes fanfarrones o embaucadores (*La tierra de Jauja, El rufián cobarde*).

5.5. ESPACIO ESCÉNICO

Dado que los pasos apenas contienen acotaciones, el espacio donde tiene lugar la acción queda sin precisar literariamente de forma directa (en esta adaptación se han explicitado indicaciones sobre el espacio escénico a partir de la información obtenida en los diálogos). Veamos algunas formas de espacio teatral:

- El espacio escénico puede ser abierto: una calle o el campo. (*Los criados, las olivas,* etc.)
- A veces, el escenario se hace más complejo cuando la acción se desarrolla en el interior y otras veces en el exterior de una vivienda, siendo entonces necesarios ambos ambientes (*El convidado, Cornudo y contento*).
- Algunos pasos exigen decorados con puertas por las que entrar o salir, así como ventanas (*El convidado, la generosa paliza*).

5.6. ELEMENTOS NO VERBALES Y ATREZZO

En estas obritas tienen gran importancia dramática el lenguaje no verbal (voces, lloriqueos, risas, golpes etc.) y ciertos objetos (atrezzo) con valor dramático, como ollas, mantas, cartas, leña, sábanas, máscaras, bolsas, espadas o un banco para sentarse.

5.7. COMICIDAD

Uno de los recursos humorísticos más importantes del teatro de Lope de Rueda es la pantomima y el teatro dentro del teatro. Se trata de una sobreactuación mediante gestos, voces y porrazos con el fin de trasladar al espectador, en clave cómica, apariciones de falsos fantasmas (*La máscara*), luchas heroicas inventadas, puestas en boca de fanfarrones (*Los lacayos ladrones, El rufián cobarde*) o suplantación de personalidad, como hace el ladrón Samadel en *Pagar y no pagar*.

6. LA TENSIÓN DRAMÁTICA EN LOS PASOS

6.1. CONTRAPUNTO PSICOLÓGICO
- Tanto el desarrollo de la acción como el desencadenamiento de la risa en el espectador se producen mediante un mecanismo muy sencillo: la tensión dramática y lingüística que se establece entre un personaje simple o bobo y otro personaje, en principio más astuto (el amo, otro criado, un ladrón, etc.), que se burla de él o pretende engañarlo.
- La acción teatral es, pues, el resultado del contrapunto psicológico que se establece entre ambos personajes (el simple y el que parece más astuto). Estos forman una pareja semejante a la de los payasos del circo (el tonto y el listo).

7. EL LENGUAJE DE LOS PASOS

7.1. PASOS EN PROSA
La principal novedad lingüística de los pasos de Rueda frente a sus predecesores es que están escritos en prosa. Los diálogos se caracterizan por su agilidad y dinamismo, ya que siguen el patrón lingüístico del lenguaje oral de las clases populares y, puntualmente, contienen algún rasgo dialectal de las tierras donde la compañía teatral representaba sus obras.

7.2. CAMBIOS DE REGISTRO LINGÜÍSTICO Y DE CÓDIGO
Unos de los recursos más sorprendentes y modernos es la caracterización lingüística de los personajes en función de su psicología:
- **a** **El simple o bobo** desconoce el nombre de objetos o referencias sencillas de la vida cotidiana.
- **b** **El fanfarrón** puede desarrollar un discurso con referencias históricas y culturales propias del hombre de ciudad (*Los ladrones lacayos*). Con esta verborrea engaña y seduce a algún incauto, o bien pretende disimular su deshonra.

También encontramos cambios de código lingüístico en ocasiones:
- **a** El médico y el licenciado hacen uso del latín para situarse en una escala social superior (*Cornudo y contento, El convidado*).
- **b** El ladrón Samadel decide expresarse en valenciano para despistar a sus perseguidores (*Pagar y no pagar*).
- **c** El criado gascón habla en su lengua, pues no domina el castellano (*La generosa paliza*).

7.3. EL HABLA DEL SIMPLE

Los principales rasgos lingüísticos para caracterizar al bobo son: exclamaciones y giros que expresan sorpresa, invocaciones religiosas con intención enfática, función conativa, frecuentes interrogaciones, lenguaje entrecortado e incoherente, ignorancia del significado de palabras sencillas y frases hechas.

8. FINALIDAD

Dado que los pasos pertenecen al género de la comedia, su finalidad principal es hacer reír al espectador criticando las costumbres y vicios de las clases sociales más populares. Pero también desempeñan otros fines:

8.1. TELONEROS
1. Entretener al público durante los descansos de la obra principal, ya que los pasos se representaban en los intervalos, o bien al final de las obras teatrales más largas (generalmente, después del primer acto o jornada). Los pasos **preparaban** a los espectadores para que acogieran favorablemente –pues ya habían reído– la obra principal, generalmente más seria. Eran los teloneros del siglo XVI. A veces, uno de los personajes del paso, al término de éste, presentaba, como un **maestro de ceremonias**, la continuación de la obra principal.

8.2. ALABANZAS AL HOMBRE DE CIUDAD
2. Halagar a los espectadores de las villas y ciudades para que se sintieran en una posición de superioridad cultural y vital en relación al personaje bobo o simple, que se muestra más rústico. Este último incurre en errores y defectos fácilmente identificables, incluso por el público menos preparado.

8.3. MORALEJA
3. Mostrar las consecuencias negativas que para la vida cotidiana o doméstica conllevan ciertos defectos, vicios y costumbres, como la credulidad y la codicia (*La máscara, Las aceitunas*), la hipocresía (*El convidado*), la gula (*Los criados, Tierra de Jauja*), la lujuria (*Cornudo y contento*), la fanfarronería (*El rufián cobarde*), las falsas acusaciones (*La generosa paliza*), etc. Para Lope de Rueda estos defectos psicológicos o morales son la causa de que ciertos personajes sean víctimas de numerosos engaños.

9. CARACTERÍSTICAS DEL SIMPLE

9.1. ETOPEYA O PSICOLOGÍA DEL BOBO

- El simple o bobo es, por lo general, un varón, inculto, con escasa capacidad para razonar, y por tanto muy fácil de manipular y engañar.
- Este personaje sólo comprende los mensajes de forma literal, es especialista en provocar malentendidos, no ve lo que salta a la vista y confunde, a veces, la fantasía con la realidad.
- Muestra los rasgos psicológicos menos adecuados para desempeñar su trabajo o actividad (criado, lacayo, rústico, ladrón, etc.), pues es holgazán, glotón, despistado, cobarde, etc.
- En definitiva, el personaje literario denominado «simple» es lo que se suele denominar un «iluso» o un «necio» que, con su comportamiento y forma de expresarse, provoca la risa en el espectador.

9.2. EXTRACCIÓN SOCIAL DEL BOBO

Los bobos o simples son personajes planos, que representan diferentes tipos sociales:

- **criados:** *Los criados, La máscara, Pagar y no pagar.*
- **maridos engañados:** *Cornudo y contento.*
- **licenciados:** *El convidado.*
- **ladrones:** *El rufián cobarde.*
- **lacayos:** *Los lacayos ladrones.*
- **rústicos:** *Las aceitunas, La tierra de Jauja.*
- **amos:** *La generosa paliza.*

Por lo tanto, los bobos de los *Pasos* de Lope de Rueda no siempre son criados, sino que pueden ser un **licenciado** holgazán y sin dinero (*El convidado*), un **amo desmemoriado** (*La generosa paliza*), o bien, un **ex soldado pobre** (*El rufián cobarde*).

10. CARACTERÍSTICAS DEL LISTO

Ante un simple o un bobo de solemnidad, cualquier personaje puede resultar más avispado. Con frecuencia la astucia del listo se asocia a cierta **maldad,** que puede ir desde la broma pesada que un amo gasta a su criado haciéndose pasar por fantasma (*La máscara*), a la infamia que comete un resabiado ladrón, provocando que un pobre lacayo cargue con un delito que no ha cometido (*Los lacayos ladrones*).

En los *Pasos* de Lope de Rueda son listos un médico desaprensivo, una esposa infiel, un estudiante gorrón, un bachiller harto de prestar dinero a un licenciado que no se lo devuelve, unos ladrones embaucadores, etc.

Pero a veces, el listo es también un **testigo** que pone en evidencia la torpeza de los simples (*Las aceitunas* o *El convidado*).

10.1. LISTOS NO TAN LISTOS

El que desempeña el papel de listo no siempre lo es, ya que puede caer igualmente en la necedad. En estos casos, estaríamos ante una versión del tópico del *burlador burlado*.

En efecto, en los *Pasos* de Rueda, el listo puede correr el riesgo de caer en las pueriles redes del bobo y acabar escaldado, como ocurre en los siguientes casos:

- Un severo amo es robado y recibe un ultrajante manotazo del más necio de sus criados (*Los criados*).
- Un amo bromista, disfrazado de fantasma, no puede culminar su broma pesada, quedándose a medias, porque su criado bobo huye movido por un miedo infantil a los muertos (*La máscara*).
- Un experimentado ladrón es descubierto en un lapsus lingüístico por culpa de un bobo que traduce torpemente del valenciano al castellano (*Pagar y no pagar*).

Pero, en general, el listo conoce los defectos del simple e intenta aprovecharse de él. Veámoslo en el esquema de la página siguiente.

listos y simples		
	el listo	**el simple (bobo)**
Los criados	Para evitar el castigo por haber sisado a Salcedo (amo), Luquitas (listo) urde una mentira con Alameda (bobo).	Alameda no sabe seguir el juego y desmonta la mentira.
La máscara	El amo (Salcedo) se hace pasar por fantasma para burlarse de su criado, porque éste cree haberse hecho rico al haber encontrado una extraña máscara.	Alameda se cree la broma al principio, pero al final huye dejando plantado a su amo (supuesto fantasma).
Cornudo y contento	Por interés económico, el médico colabora con innecesarias recetas médicas a que un estudiante y Bárbara, la mujer de Martín, consuman un adulterio. Bárbara y el estudiante engañan a Martín con coartadas médicas y religiosas.	Sin darse cuenta, Martín contribuye activamente a ser engañado.
El convidado	El bachiller, harto de servir y prestar dinero a un licenciado pobre, lo pone en ridículo ante un invitado inesperado que quiere comer de gorra y al que no puede convidar.	El Licenciado no razona, a pesar de sus estudios, y pretende salir del apuro de la invitación como sea.
La tierra de Jauja	Para robarle la comida, dos ladrones engañan a Mendrugo haciéndole creer que su mujer, presa en la cárcel por alcahueta, y él mismo serán premiados con un reino de golosinas.	Mendrugo cae en la trampa, llevado por la necesidad psicológica de superar la deshonra de su mujer y por la fantasía de la comida.
Pagar y no pagar	Con burdos engaños y amenazas, el ladrón Samadel roba el dinero que el hidalgo Brezano ha entregado a su criado Cevadón para que pague el alquiler pendiente de la casa.	Cevadón entrega irresponsablemente el dinero de su amo a un burdo ladrón creyendo que es el arrendador.
Las aceitunas	Águeda pretende vender unas aceitunas inexistentes a un precio muy alto. El vecino Aloja ve la ocasión de aprovecharse del bajo precio con que las quiere vender Toruvio, esposo de Águeda.	Águeda y Toruvio se creen sus propias fantasías y discuten absurdamente sobre el lucro y precio justo de unas olivas que sólo están en la imaginación de los personajes.
Los lacayos ladrones	Huyendo de la justicia, Madrigalejo, ladrón y fanfarrón, involucra en un robo a Molina, un ingenuo lacayo.	Molina se deja manipular por la fanfarronería de Madrigalejo y es apresado injustamente por un robo que no ha cometido.
El rufián cobarde	El ladrón y proxeneta Estepa se venga y humilla a su competidor Sigüenza, porque éste lo ha insultado.	Sigüenza alardea y provoca irresponsablemente a un peligroso matón.
La generosa paliza	El criado Pancorbo miente a su amo Dalagón para evitar que su amo lo castigue por un delito que no ha cometido: el robo del turrón.	Dalagón es tan despistado, que no sabe dónde ha guardado el turrón, imputando injustamente un robo a sus criados.

listos y simples		
	defectos del simple	**¿quién es la víctima?**
Los criados	• sinceridad inoportuna • glotonería, pereza	Luquitas pone al descubierto su condición de ratero por culpa de Alameda. Salcedo (amo) recibe un humillante manotazo de Alameda.
La máscara	• codicia • credulidad • miedo infantil a lo sobrenatural	Alameda es objeto de burla. Salcedo queda en ridículo porque no puede completar la broma.
Cornudo y contento	• credulidad e idiotez • ceguera amorosa	Martín: es víctima de la infidelidad de su esposa.
El convidado	• deseo enfermizo de aparentar que vive bien, aunque no tiene dinero. • orgullo	El licenciado: queda en ridículo escondiéndose bajo una manta. El convidado: se queda sin comer.
La tierra de Jauja	• incapacidad para distinguir la fantasía de la realidad. • glotonería, pereza	Mendrugo se queda sin la cazuela de comida que llevaba a su mujer.
Pagar y no pagar	• incapacidad para cumplir la sencillas instrucciones de un recado • descuido, pereza	Brezano, hidalgo pobre, se queda sin el dinero para pagar el alquiler de su casa. Samadel, el ladrón, es descubierto por un error lingüístico que comete el bobo al traducir del catalán al castellano.
Las aceitunas	• inclinación hacia ilusiones sin fundamento • codicia, ira	Mencigüela, hija de Águeda y Toruvio, sufre las consecuencias de la discusión de sus padres sobre el precio de las olivas, con empujones y manotazos. Aloja pierde el tiempo por haber intentado comprar a buen precio unas aceitunas inexistentes.
Los lacayos ladrones	• encubrir ante la justicia a un ladrón • se deja seducir por el falso heroísmo de un delincuente	Molina es apresado y cree ingenuamente que podrá aclarar la verdad de lo ocurrido ante un juez, cuando en realidad se sabe que el injusto sistema judicial de la época no le dará la oportunidad de demostrar su inocencia.
El rufián cobarde	• fanfarronería • cobardía	Sigüenza es humillado ante los demás y es abandonado por Sebastiana, su amante.
La generosa paliza	• desmemoriado, distraído • autoridad mal empleada, ira	Los criados reciben arbitrariamente sendas palizas. Dalagón es golpeado por ellos, en venganza.

11. CRÍTICA SOCIAL: EMPOBRECIDOS POR LA CRISIS ECONÓMICA

Además de los criados, los Pasos están poblados por personajes costumbristas pertenecientes a diversos grupos sociales que reflejan la fuerte crisis económica que vivió España en el siglo XVI. Son, en general, gente empobrecida o venida a menos, como médicos, licenciados e hidalgos, que vivían permanentemente en el drama doméstico de las estrecheces económicas. Sus defectos y vicios son el resultado de vivir una fuerte contradicción entre una pobreza que no aceptan y el ferviente deseo de aparentar una buena posición social ante los demás. Veamos algunos de estos tipos que vivían en el umbral de la pobreza:

- **Médico empobrecido** (*Cornudo y contento*): Lucio es uno de tantos médicos de la época, que vive con apuros económicos debido a la falta de pacientes. Sin escrúpulo alguno, ampara y saca provecho económico de un adulterio. Su principal defecto moral es el de no cumplir el juramento hipocrático, ya que prescribe recetas médicas (purgantes) a una mujer que está sana, y sin embargo no cura a su marido cuando éste enferma al ingerir las medicinas destinadas a su esposa.
- **Licenciado holgazán y gorrón** (*El convidado*): un licenciado, de baja extracción social, no tiene fuente de ingresos y se aprovecha económicamente de un amigo para sobrevivir.
- **Hidalgo pobre** (*Pagar y no pagar*): Brezano es uno de tantos hidalgos de la época sin dinero para pagar el alquiler de su casa, y sin oficio para mantenerse; sin embargo, está obsesionado por aparentar honra e hidalguía.
- **El rufián fanfarrón** (*Los lacayos ladrones, El rufián cobarde*): los rufianes de Rueda recuerdan a tantos soldados veteranos que regresaban de la guerra sin ninguna paga, y que, abandonados a su suerte, se veían obligados a sobrevivir en la delincuencia, al tiempo que idealizaban un pasado glorioso que nunca tuvieron.

12. EL TEMA DE LA HONRA

12.1. HONRA Y HONOR

En la España de los Siglos de Oro, la honra era la buena imagen pública que una persona tenía en la sociedad. Pero también estaba relacionada con el sentido de la dignidad que cada uno tiene de sí mismo (honor). Se podía perder la honra por un sinnúmero de circunstancias, a veces banales. En el paso *Los criados,* por ejemplo, el amo Salcedo se siente deshonrado por haber recibido un leve manotazo, deshonra que no se hubiese producido de haber mediado, no una mano, sino una espada.

12.1. LA HONRA EN LOS *PASOS*

La presión de la honra en la España del xvi queda patente en el comportamiento de los personajes en todos los pasos de Lope de Rueda.

La necesidad de aparentar honra afecta fundamentalmente, como ya hemos dicho, a gentes venidas a menos: amos, ladrones ex soldados, licenciados e hidalgos pobres, que procuran por todos los medios justificar o disimular cualquier signo de descrédito social, casi siempre cayendo en el ridículo; lo cual es el fundamento del humor de Lope de Rueda.

Incluso el bobo puede estar afectado por la imperiosa necesidad de aparentar honra. Mendrugo, un jornalero cuya esposa alcahueta está encarcelada y a la espera de ser sometida a un escarnio público por la Inquisición, sublima esa terrible realidad con una fantasía disparatada, que tiene como fin transformar la humillación pública de la que va ser objeto en un reconocimiento social (*La tierra de Jauja*).

En *Los ladrones lacayos,* un fanfarrón y peligroso ladrón llamado Madrigalejo tiene verborrea suficiente como para darle la vuelta a su condición de delincuente varias veces castigado y «deshonrado» públicamente por la justicia. Lo hace contando en clave heroica todas sus fechorías y castigos sufridos. Ante esta narración idealizadora, el simple de Molina, que lo está escuchando embobado y seducido, se ve involucrado absurdamente en un robo que no ha cometido.

13. HUMOR URBANO Y BURGUÉS

El sentido del humor que se respira en los *Pasos* de Lope de Rueda es plenamente moderno, porque este autor percibe, en clave humorística, las miserias, contradicciones y absurdos del mundo que lo rodea con una mirada burguesa y urbana, idéntica a la del lector y espectador modernos.

13.1. EL HUMOR DE UN HOMBRE DE CIUDAD

Lope de Rueda fue un hombre urbano que vivió en la cosmopolita y variopinta ciudad de Sevilla del siglo xvi, y como tal se da cuenta de la presencia en ciudades y villas de una masa ingente de labriegos, jornaleros, criados y hombres, en general sin cultura, procedentes del campo, cuya ingenuidad y simplicidad los convertía en víctimas propiciatorias de bromas pesadas, timos y engaños de lo más variado. Sólo un hombre instruido o con la mundología que da el vivir en la ciudad puede reírse en el siglo xvi de la incultura y rusticidad de un bobo. Pero la risa puede ir también en sentido contrario: en *Los criados*, el amo Salcedo, lejos ya de la vida rústica, siente pánico cuando cree tener una araña en el cuello.

13.2. LAS TRIBULACIONES DE UN BOBO EN LA CIUDAD

Rueda tuvo el talento de reconocer en la fauna urbana de su época un nuevo personaje con un gran potencial literario: el simple o tonto que pulula sin identidad alguna en la ciudad, un personaje literario heredero del pastor rústico y bobo del teatro religioso del siglo xv, igualmente ignorante; tanto que, viviendo en una sociedad eminentemente cristiana, desconocía incluso los más famosos pasajes del evangelio relacionados con el nacimiento o muerte de Cristo.

El simple o bobo que vive en la ciudad es un hombre analfabeto y con pocas luces, víctima de médicos y ladrones sin escrúpulos o de amos crueles y bromistas, como ocurre en *La máscara* o *La tierra de Jauja*.

13.3. CÓMO HACER REÍR

Para provocar la risa, Rueda se vale de un recurso universal del teatro de humor: el espectador es testigo de cómo un listo engaña con una sencilla argucia a un bobo que se muestra colaborador hasta extremos hilarantes, como en *Pagar y no pagar*.

Lope de Rueda, en su condición de hombre urbano, dirige su teatro a un público también urbano que, por poco formado que estuviera, reconocía y se reía de la simplicidad e idiocia de un bobo con el que podía toparse a la vuelta de la esquina.

13.4. EL HUMOR DE UN ARTESANO

Pero aparte de ser un hombre de ciudad, Lope de Rueda era también un artesano (batihoja), orfebre que elaboraba láminas o panes de oro. Así pues, el autor de los *Pasos* conocía perfectamente qué es el trabajo y el valor del dinero. En la España poco comercial de mediados del siglo XVI, un artesano así era lo más parecido a un burgués.

13.5. UN BOBO CON MUCHA CULTURA

Y es precisamente esa sensibilidad artesanal y burguesa la que permite a Lope de Rueda identificar, en medio de la variopinta sociedad de su época, otro tipo de simple o bobo digno de burla, muy diferente del que hemos visto anteriormente. No se trata de un necio llegado del campo a la ciudad, de un bobo cuya estupidez se deba a la incultura, sino de un hombre culto o inteligente, pero con muy pocos recursos económicos, que se vuelve estúpido cuando se deja llevar por la obsesión social de tener que aparentar honra, es decir, de dar la imagen a los demás de que vive desahogadamente sin necesidad de trabajar.

En la España aristocratizante y nada industrializada de los Siglos de Oro tener honra social era, en buena medida, disfrutar o aparentar que se poseía una buena posición económica sin mancharse las manos ejerciendo un oficio, pues esta actividad estaba desacreditada. Sin embargo, para una mentalidad urbana, burguesa o artesanal, como la de Rueda, pasar hambre porque se desprecia el trabajo debía de ser motivo de chufla.

13.6. MUCHO LATÍN Y POCO DINERO

Hay en Lope de Rueda humor burgués cuando en *El convidado* se ríe del ridículo en el que cae todo un Licenciado por mantener las apariencias. En efecto, éste se esconde debajo de una manta, antes de reconocer que no tiene dinero para invitar a un conocido de la infancia que se ha presentado en su casa sin avisar. El licenciado cae en la estupidez del bobo porque teme que si el convidado inoportuno descubre que está pasando apuros económicos, cuando vuelva a su pueblo informará a todos de su fracaso y se reirán de lo poco que le ha valido al hijo de una verdulera haber estudiado latín.

Naturalmente, el Licenciado, de baja extracción social, preferirá presumir de ser un hombre culto y morirse de hambre, antes que ponerse a trabajar.

Rueda nos hace reír mostrando cómo un hombre de letras puede volverse estúpido por seguir unos disparatados valores sociales.

13.7. POBRE PERO HIDALGO

Entre esos disparatados valores sociales, estaba el que prohibía a un noble o hidalgo ejercer un oficio para ganarse la vida. Si lo hacía, perdía su condición de noble. Esto motivaba que muchos hidalgos que carecían de rentas se vieran obligados a vivir miserablemente de puertas para adentro, pero aparentando ante los demás que vivían a cuerpo de rey. Todo antes que perder su honra ensuciándose las manos con un trabajo manual. Un dramaturgo como Lope de Rueda, que había trabajado en un taller de artesanos, consideraba ridículos y objeto de burla estos descabellados valores sociales de la aristocracia castellana.

13.8. LA VERGÜENZA DE NO PODER PAGAR EL ALQUILER DE LA CASA

En *Pagar y no pagar* el hidalgo Brezano debe varios meses de alquiler. El arrendador lo ha puesto en evidencia públicamente en repetidas ocasiones por no pagar. Cuando por fin logra reunir el dinero, Brezano, por orgullo, no quiere encargarse de saldar personalmente su deuda con el casero, sino que envía a su criado Cevadón, rematadamente bobo. Su honra de hidalgo no le permite andar de aquí para allá con dineros ni dar explicaciones de por qué ha tardado tanto en pagar el alquiler. Naturalmente, Cevadón, incapaz de cumplir dos instrucciones seguidas, no realiza la tarea encomendada, porque el ladrón Samadel le roba el dinero en el camino. El hidalgo Brezano acaba metido en una chusca persecución con garrote incluido, pero no logrará recuperar su dinero. Si la pobreza le impidió pagar dentro del plazo el alquiler de su casa, cuando meses después consigue reunir el dinero, tampoco podrá saldar su deuda con el casero; esta vez por la presión social que le obliga a mantener las apariencias no pagando personalmente dicho retraso.

Brezano cae en la estupidez del bobo, no porque carezca de inteligencia, sino por culpa de unos prejuicios sociales que le impiden actuar conforme a razón. Es evidente que un burgués o un artesano no podrían aguantar la risa contemplando este esperpento social.

14. LAS ESCENAS MÁS GRACIOSAS DE LOS *PASOS*

- **Los criados:** *la escena de la araña.* El amo queda en suspenso, asustado como un bobo, porque su criado –en este caso no tan bobo– le ha hecho creer que le va a picar una araña en el cuello, y urge aterrorizado para que el simple de su criado la mate. Al final no es una araña, sino la sombra de su propia oreja.
- **La máscara:** *la escena del fantasma.* Alameda siete un miedo infantil ante la aparición de un fantasma que se cubre con una sábana y una espantosa máscara.
- **Cornudo y contento:** *la escena de cómo comerse un pollo.* El bobo de Martín cree que el médico necesita saber que, para comerse un pollo, primero hay que matarlo, desplumarlo y guisarlo.
- **El convidado:** *la escena de la manta.* La reacción del licenciado al ser descubierto bajo una manta y tener que reconocer que se ha escondido para ocultar que no tiene dinero.
- **La tierra de Jauja:** *la escena de cómo robar la comida de una cazuela.* Dos ladrones engatusan a Mendrugo con unas historias disparatadas, mientras le roban la comida, y él se lo cree todo.
- **Pagar y no pagar:** *la escena del falso cojo.* El ladrón Samadel se hace el cojo y el tuerto para que Cevadón se crea que es el casero a quien debe entregar el dinero del alquiler.
- **Las aceitunas:** *la escena del precio justo.* Águeda y Toruvio discuten acaloradamente sobre cuál debe ser el precio de unas aceitunas inexistentes. Su hija Mencigüela, como un pelele, recibe de cada uno tirones y manotazos.
- **Los lacayos ladrones:** *la escena de cómo perdió las orejas en la guerra.* Madrigalejo, a quien por sus fechorías la justicia ha cortado las orejas, pretende justificar con una historia disparatada que no las tiene porque las perdió en un heroica hazaña de guerra.
- **El rufián cobarde:** *la escena de cómo se reconoce a un cobarde.* El fanfarrón Sigüenza pasa un miedo de muerte cuando su mayor enemigo lo reta a luchar con la espada.
- **La generosa paliza:** *la escena de cómo se enfada un criado francés.* Gasconcillo suelta por su boca quejas e improperios en un francés macarrónico cuando su amo lo maltrata injustamente acusándolo de haberse comido su tableta de turrón.

GREMIOS

Unidos eran más fuertes

Los gremios eran asociaciones de artesanos que desde la Alta Edad Media protegían y regulaban el bienestar material y espiritual de sus integrantes: aprendizaje del oficio, funcionamiento de los talleres, fijación de los precios, ayudas a viudas y huérfanos, actos de beneficencia, culto al santo patrón, etc.

Anularon la ley de la competencia, ya que establecían un precio fijo y justo, controlando la producción. Los talleres se agrupaban en una misma zona de la villa o ciudad con el fin de reforzar dicha protección.

Aprendiz, oficial y maestro

La aprobación de un examen daba al oficial el grado de maestro y la posibilidad de abrir su propio taller. Pero la coyuntura económica y social condicionaba con frecuencia el aprobado.

Estaban excluidos los cristianos nuevos, es decir, aquellos que tenían ascendentes judíos o musulmanes.

Numerosos gremios de diversas ciudades españolas contrataron a la compañía teatral de Lope de Rueda para que representase autos religiosos en sus fiestas patronales; por ejemplo, el gremio de odreros y corredores de vino de Valladolid, en 1542.

SOLDADOS

Un imperio muy caro

El ejército español era el más poderoso de la época. Sus soldados estaban muy bien entrenados y eran muy temidos. Estaba formado por voluntarios españoles, y también alemanes e italianos, muchos de ellos atraídos por la paga y por la posibilidad del saqueo. Para mantener un ejército que defendía unas fronteras muy extensas, como eran las del Imperio español del siglo XVI, no era suficiente con el dinero de los impuestos, sino que era necesario utilizar el oro y la plata procedentes de América. A pesar de ello, la Hacienda se declaró en bancarrota varias veces a lo largos del siglo XVI y, en ocasiones, parte de la tropa quedaba sin paga.

El soldado pobre

Cuando el ejército no los necesitaba, los soldados quedaban expuestos a la miseria, y algunos recurrían al mundo del hampa para sobrevivir, convirtiéndose en rateros, estafadores, alcahuetes, etc.

La figura del soldado pobre es recurrente en los entremeses de Rueda y de Cervantes.

En los *Pasos* de Rueda encontramos dos prototipos de soldado «venido a menos»: el ladrón ratero (Madrigalejo) y el ladrón alcahuete (Sigüenza). En ambos casos, se retrata en clave paródica la degradación del soldado, que acaba siendo un pícaro fanfarrón y cobarde.

HIDALGOS

La fiebre de la hidalguía

Hidalgo era en España todo noble sin título. La mayor parte de la población se obsesionó por aparentar serlo, ya que eso suponía disfrutar de privilegios. Pero cuando un hidalgo no recibía una renta, se encontraba en una situación económica insostenible, ya que estaba muy mal visto que un noble trabajara en un oficio para ganarse un salario. En ese caso, igual que el hidalgo de *El Lazarillo de Tormes*, estaba abocado a la pobreza. Sin embargo, se sentía obligado dramáticamente a aparentar que disfrutaba de una buena posición económica.

En los *Pasos* de Rueda aparece el hidalgo Brezano, prototipo de quien pretende aparentar más de lo que tiene, evitando a toda costa que se sepa públicamente que carece de recursos económicos para pagar un alquiler.

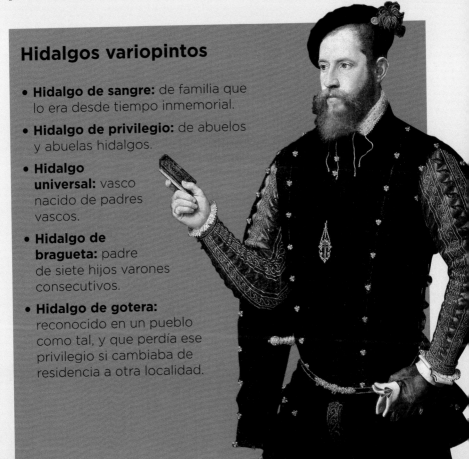

Hidalgos variopintos

- **Hidalgo de sangre:** de familia que lo era desde tiempo inmemorial.

- **Hidalgo de privilegio:** de abuelos y abuelas hidalgos.

- **Hidalgo universal:** vasco nacido de padres vascos.

- **Hidalgo de bragueta:** padre de siete hijos varones consecutivos.

- **Hidalgo de gotera:** reconocido en un pueblo como tal, y que perdía ese privilegio si cambiaba de residencia a otra localidad.

EVOLUCIÓN DEL CRIADO
(PERSONAJE TEATRAL)

(1) Teatro clásico romano

Servus fallax, un criado peculiar

Podemos rastrear los antecedentes del simple ya en el teatro romano, con autores de comedias como Plauto y Terencio, que vivieron alrededor de dos siglos antes de Cristo. En estas obras, el simple es un criado perezoso, glotón y cobarde, pero también astuto, falso y sin escrúpulos, que recibe el nombre genérico de *servus fallax*.

Un criado malhablado

En las comedias de *Plauto* aparecen frecuentemente personajes que hablan con un lenguaje directo y utilizan expresiones groseras que se asocian a una extracción social baja. Este registro lingüístico también lo encontraremos en el rústico y en el simple del teatro medieval europeo.

Y además intrigante

La aportación fundamental de *Terencio* para el desarrollo de la figura del simple es que lo caracterizó como un personaje intrigante y astuto que favorece a su amo, y que se expresaba con un lenguaje coloquial.

Este autor fue muy leído durante la Edad Media y el Renacimiento, y tuvo una gran influencia en el desarrollo del teatro europeo.

② Comedia italiana (*Commedia dell arte*)

Los zanni, unos criados divertidos

En el siglo xv surge en Italia un género de teatro ambulante dirigido a los campesinos (la *commedia dell arte*) que a partir del siglo xvi se difundió por toda Europa. Su principal característica era la improvisación de la pieza teatral a partir de un esquema prefijado.

Sus primeros personajes fueron los *zanni,* criados que trabajaban en la ciudad, pero que procedían del campo. Los primeros *zanni* se mostraban toscos, necios, ignorantes... y hambrientos. Los actores los representaban con una entonación exagerada, utilizando juegos de palabras.

La acción teatral se basaba en persecuciones y golpes. Salían a escena con medias máscaras que aportaban gran expresividad.

Brighella era un criado cínico, zalamero y fanfarrón. También era corpulento y fuerte.

Arlequín era, en origen, un criado muy pobre, pero ambicioso, que podía comportarse de forma grosera y hasta cruel.

Pierrot se llamaba al principio Piero (Pedro). A pesar de que se mostraba astuto e irónico, era víctima de su amo, el despiadado Pantalone.

③ El teatro castellano del siglo XVI

El pastor bobo

A finales del siglo XV Juan del Enzina, y a comienzos del siglo XVI autores como Gil Vicente o Diego Sánchez de Badajoz introducen en sus obras religiosas o profanas algunas escenas cómicas con personajes ridículos como el pastor bobo.

Se trata de un personaje rústico y primitivo, que vive lejos de la ciudad y que ya aparece caracterizado como necio e ignorante. Su origen se remonta al teatro religioso medieval en el que ciertos pastores ignoraban algunos pasajes del evangelio y por esa razón eran objeto de burla.

El rústico urbano

El pastor bobo dará paso a lo largo del siglo XVI a un criado que ya es urbano, pero que aún no ha perdido sus modales campesinos. Es perezoso, glotón y su lenguaje está plagado de vulgarismos, arcaísmos, juramentos y rasgos dialectales.

Su comportamiento provoca la risa de los villanos de ciudad, que ya se sienten «superiores» a los rústicos toscos, analfabetos y desarrapados.

El simple

El editor y autor valenciano Juan de Timoneda comenzó a usar el término *simple*, para designar a los personajes necios de sus obras, así como a los de los famosos *Pasos* de Lope de Rueda. Generalmente, se trata de un criado, que además de los rasgos propios del criado rústico ya mencionados, siempre es engañado y suele causar malentendidos. Así lo define un personaje en una farsa anónima del siglo XVI:

> «*Pues su bien no es otro tal
> sino comer,
> dormir a más no poder;
> si le envío a algún mandado,
> dadlo por no realizado,
> porque no lo sabrá hacer*».

(farsa *Rosiela*, texto adaptado)

El gracioso

El simple evolucionó en el siglo XVII dando lugar al gracioso de las comedias de enredo, también llamado *figura del donaire*. Este nuevo criado se presenta, bien como bufón cómico, que trata de manera frívola los asuntos graves de su amo; bien como confidente, astuto y colaborador. Con frecuencia es protagonista de la acción secundaria de la obra, junto a la criada de la dama.

EVOLUCIÓN DEL ESPACIO TEATRAL

1. El teatro griego y romano

Aprovechando la forma del terreno

La forma del teatro griego se originó a partir de un espacio natural abierto, con forma casi circular, situado entre colinas. La escena, en la parte más baja, favorecía una perfecta acústica que alcanzaba a todas las gradas.

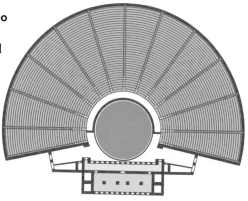

■ Auditorio   ■ Proscenio

■ Orchestra   ■ Escena

Estructura del teatro griego.

Teatro romano de Mérida.

Diseñando el escenario

La primera fila de espectadores estaba destinada al sacerdote de Dionisos y a las autoridades, y estaba separaba del graderío por un pequeño muro. Tras la *orquestra*, circular (donde primitivamente actuaban el coro y los actores), estaba el *proscenio*, que con el tiempo se convirtió en el verdadero escenario. Tras éste estaba la *escena,* que solía tener dos pisos, y estaba adornada de columnas y estatuas, como un gran decorado, de donde salían los actores.

Roma imitó este tipo de construcción. Se diferenció en la forma, que era semicircular, así como en el lujo de su decoración.

2. Escenarios medievales: templos, palacios y plazas

Un teatro muy religioso

Hasta finales del la Edad Media no se producen «oficialmente» representaciones teatrales, tras un enorme vacío desde la caída del Imperio romano. El nacimiento de este nuevo teatro tendrá lugar en el interior de las iglesias, como apoyo visual de ciertos pasajes evangélicos, como el nacimiento y la muerte de Cristo *(tropos)*.

El Misterio de Elche es el único drama religioso medieval que se ha conservado desde el siglo XV hasta hoy.

Diversión en las calles

En las calles y plazas, los juglares y su acompañamiento ofrecían al pueblo llano entretenimiento con espectáculos basados en narraciones orales de hazañas guerreras, escenificación de diálogos, música, danza y juegos malabares.

Fiestas después de la cena

Asimismo, en los palacios y Cortes surge el *momo*, espectáculo de disfraces, acompañado de divertimentos musicales y verbales.

3. El teatro castellano del siglo XVI

Teatro en el salón de palacio

Las obras teatrales (especialmente tragedias) dirigidas a los nobles y representadas en sus palacios fue cosa habitual en los siglos XVI y XVII. Se denomina *teatro cortesano*. Esto fue así hasta que se construyeron auténticos teatros que permitieran montar una tramoya y una escenografía más compleja. Hasta ese momento, casas particulares e incluso conventos fueron también espacios habilitados para este tipo de representación teatral.

Teatro en los corrales

Los carros fueron también usados como escenario teatral en la calle y en las plazas. Se adornaban profusamente para escenificar piezas teatrales breves de carácter religioso (autos sacramentales) y popular.

Pero la verdadera evolución teatral se produjo en el teatro profano, que se representaba en mesones y posadas hasta que se adaptaron los patios interiores de las casas de vecinos en los barrios populares: los conocidos corrales de comedias, que proliferaron a partir de 1600.

Galerias laterales para gente principal

Escenario

Espacio para el público de pie

4. Construcción de los primeros teatros

Un escenario estable

En 1579 se construye el primer teatro permanente en Madrid, con el nombre de Corral de la Cruz. A éste le seguirá el teatro del Príncipe. Los primeros teatros españoles imitaron el modelo del teatro isabelino inglés.

Un teatro real

En 1640 Felipe IV mandó construir el Coliseo del Buen Retiro, en el Palacio del mismo nombre. Estaba adaptado para la puesta en escena de obras de gran artificio, como las de Calderón de la Barca. Se trataba de un teatro cerrado y que contaba incluso con un sistema de calefacción. No sólo fue teatro cortesano, sino abierto a todo el público. Tenía menor aforo que los corrales, pero su escenario era mayor y de mejor calidad.

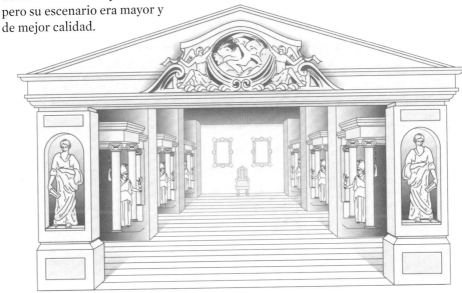

Evolución de la comedia.
GÉNEROS TEATRALES MODERNOS

El sainete y el género chico

Cuando el paso o entremés (vocablos sinónimos) incorpora baile, música y recitación da lugar al sainete, género que empezó a desarrollarse, especialmente, a partir del siglo XVIII. Estaba constituido también por un solo acto, y tenía carácter cómico, popular y costumbrista. Se representaba al final de la segunda jornada de las comedias. Sus personajes, como los de los pasos o entremeses, eran divertidos, ocurrentes y pertenecientes al pueblo llano.

Del sainete más musical surge en España el género chico u opereta, que parodia a la zarzuela con un tono disparatado y se centra en los ambientes madrileños y castizos. Se intercalan música y escenas dialogadas.

La farsa y el esperpento

Si el sainete no se centra en los elementos costumbristas, sino en la sátira o burla de dichas costumbres, da lugar a la farsa. En la farsa los personajes actúan de forma grotesca, exagerada, vulgar. El género de la farsa es uno de los ingredientes fundamentales del esperpento de Valle-Inclán, cuyos personajes aparecen deshumanizados y mezclan, al hablar, el lenguaje vulgar y culto, dando una visión grotesca y deformada de la sociedad española de principios del siglo XX.